殉

王任叔 著

泰山出版社·济南·

图书在版编目（CIP）数据

殉 / 王任叔著. -- 济南 : 泰山出版社, 2024. 10. (中国近现代名家短篇小说精选). -- ISBN 978-7-5519 -0901-3

Ⅰ. I246.7

中国国家版本馆CIP数据核字第20248SH919号

XUN

殉

责任编辑　程　强
装帧设计　路渊源

出版发行　泰山出版社

社　　　址　济南市泺源大街2号　邮编　250014
电　　　话　综　合　部（0531）82023579　82022566
　　　　　　出版业务部（0531）82025510　82020455
网　　　址　www.tscbs.com
电子信箱　tscbs@sohu.com
印　　　刷　山东通达印刷有限公司
成品尺寸　140 mm×210 mm　32开
印　　　张　5.625
字　　　数　125千字
版　　　次　2024年11月第1版
印　　　次　2024年11月第1次印刷
标准书号　ISBN 978-7-5519-0901-3
定　　　价　32.00元

凡　例

一、本书收录了作者的经典短篇小说，主要展现了作者的思想情感、审美取向与价值观念，以及当时的时代风貌等。

二、将作品改为简体横排，以适应当代的阅读习惯。原文存在标点不明、段落不分等不便于阅读之处，编者酌情予以调整。

三、作品尽量依照原作，以保持原作风格及其时代韵味，同时根据需要，对原文进行了适当的删减和订正。

四、对有些当时惯用的文字，如"的""地""得""作""做""哪""那""化钱""记帐"等，仍多遵照旧用。

目 录

倩　华　*001*

不幸的男子　*028*

殉　*054*

黑　夜　*071*

把　戏　*127*

杀父亲的儿子　*138*

黄缎马褂　*155*

卖稿之前　*171*

倩　华

一

虽则是秋深的时候了，然而南国的风光，却还保持着初春的色调。我们住着的亭子间的外面，还是一片葱茏的绿意，墙角修竹，正初解箨衣，抽出了稚嫩的枝条；窗外芭蕉，秀挺绿掌。过道上的紫藤架，虽不时吹下几片黄叶，而绿叶扶疏却表现出冬末春初的新生气象。这真使年年陷在颓废境地里的我，得到了生的喜欢了。

固然是满山红叶饱尝了一身秋色的故乡，足以使远隔千里的游子产生怀念；然而"匈奴未灭，何以家为"的古哲的明训，却未始不足以为我解嘲。此次我远涉重洋，来粤从军，早已置生死于度外，甚愿这几滴被世人欺凌而激起的热血，留在沙场之上，得到了挥洒的处所，于解放被压迫的民众的锁链的工作上，也不能说不无少补。可是一生颠倒的我，事实每与志愿相左，竟让我留守后方，吃着闲饭过日；要不是有同乡倩华君互相安慰，岂特徒作髀里肉生之想，简直要在这满口燕语心情难通的境地中坑死我了。

但谁知现在倩华君竟因了婚姻问题的关系，更促进了他积极的革命的精神，千方百计，得跟随着参谋处长赴前方去了；只留下我孤独地在这冷清的亭子间里挨着漫漫的长夜了。

记得事情发生的前一夜，我和倩华君正谈了三点多钟关于恋爱问题的话——这自然是青年人爱谈的问题，诚有如吃饭一样，没有一天不谈到的。但我们那一夜谈到的，似乎不仅仅是开开玩笑，实包含着甚深的意义。——我羡慕着倩华君的幸运，我恭维着倩华君的改造环境转换命运的力量，竟能在不幸的盲目婚姻制度中而投入到意味深长的恋爱生活中，又不使对手方受过丝毫的痛伤；这真是合乎人道合乎时代潮流的最妥善最合理的方法。"可怜我呢！唉！"我那时就对他说："不但是做了时代的牺牲者，我简直是做了时代的俘虏了。因为牺牲毕竟是痛快的事，牺牲了就完了！俘虏却是个慢性肺结核，每天处在半死不活之中；真理的光明是在我们的眼前，而黑暗的负担却在我们的肩上。啊！倩华君哟！我是多么矛盾，多么冲突，进退维谷的人哟！我羡慕人家一对对的在爱神的宝座下悦乐地跳舞，我又忘怀不了在人道束子下维系着的劫夺我人生的光荣与幸福的魔鬼。倩华君哟！你在爱神将护下的娇贵的儿郎哟！请你以柔和的手一抚摩我心上的创痛吧！"

我这么说了以后，竟支不住倒下在床上。而倩华见了我这种狂态，却只是微笑。如同秋晚雨霁后的一线明光；全面部呈现着圣母画像似的温和的笑容，接着我又说：

"倩华你可不知道人间最悲苦的，是哪一种人；当然我可以代你答一句，是失恋的人了。但是我觉得你这话错了。失恋毕竟不但不是一桩悲苦的事情，而且是最有诗意的，最感到甜蜜的余味的事情。因为一个人在尚未失恋之前，至少曾经尝过几次罗曼司的滋味，喁喁的情语呀！香润的接吻呀！明月下俏丽的双影呀！百花丛中来往的追逐呀……无一不是人生光荣的史迹；虽则我现在失却事实上的她了，然而她能够将我心中袅娜的影子，光荣的记载一齐劫去吗？我用着一滴滴的泪珠，去

殉

纪念着这件事的过往，那又是何等痛快的事呵！倩华哟！这难道还是人生最悲苦的人吗？我以为人间最悲苦的人，惟有是不应恋者的我呵！固然还有'不得恋'的朋友，也是和不应恋者一样的悲苦的，然而他们又有希望，他们又有恋爱的资格，一旦得到了爱人，爱神的慈云包围了他，他未尝不可以趾高气扬的在爱神的宝座下与爱人携手共舞去骄傲一切万有；只有我哟！只有我这个不应恋的行尸哟！终生躲在黑暗的一角上，占不到人生的一席！偶然一向外面望一望光明，人道义务，责任，都变成了一把把的刀剑向我的心中刺戮！我又哪里有这勇气挡住这些攻击的袭来，我也只好因此屈服了！但是，倩华哟！我已完全想透了，我虽是人间最悲苦的人，我情愿终于悲苦的境地里，犹如行在沙漠上的一只骆驼，背上驮着一包旧世界的义务，向着光明的新世界走去！我虽则直至于精疲力竭，因此倒在沙上死了，而新世界终于不能走到，我亦决无所怨！你看，我现在不又是一个矫矫健儿，预备抱着救世主义向人间奔去的人了吗？你之来此，固然得到了爱之激助；我之来此，却又是为什么呢？倩华哟！我是未能忘却人间，想以我没有人接受的爱去移赠人间啊！……"

在这夜里，我竟也不自知其所以然，谈了这许多话，倩华听到了我末后的几句话，也不禁悚然敛容；似乎在我们的胸中各自激起了革命的精神的怒潮。微笑的圣母似的倩华，此时竟成了个默祷的少女一般的严肃了。

芭蕉肃然地耸立在黑暗的空中，电灯光所照到的极限内，如画地呈现着一片片深绿的瘦叶，如妙龄的少女在别人家新婚晚上听房一般的沉默地屏声静气地听着我们的谈话。远处的市声狗声，近处的蟋蟀的清吟，又如在暗地里助长着我们谈话的兴趣。而那在我们亭子间前面居高临下的一进伟大的洋房办事处，却全个落在死的沉默里。

在这样的秋高气爽的清夜里，像我们这样的谈话，确也是人生的乐事。但谁知黑夜潜匿的山谷里白日支配了大地的次晨，不幸竟驾着飞机带来了倩华君伤心的消息呢。

因为南国老是被困人的天气支配着，临午我终觉得非睡一会儿不可，这或许是安闲的生活让我的神经惰性化了的缘故。我正在床上小睡时候，梦中似的听到一种急速的步调，醒来，倩华已立在我的床前了。

"喂！净沙，我不信有这回事。你看呀！"倩华的手中提着一封淡绿色的洋信封的信，向我惨然地一笑。"这怕是她给我开玩笑的吧！否则，也是我在做梦。"……他移过一把藤椅在我床前坐下。

"啊哟！净沙！"他忽又如从魔魇下挣扎出来似的惊醒地说："现在，不幸是带来了我的悲苦了！净沙，你看呀！你想，我在这种悲凉的情境中，不幸的消息下，还有甚心情去领略你所谓的失恋的诗意呀！"

我这时心境顿然扩大起来，母亲似的抚着他，从他的手中接过信来；我抽出了信纸读去。

倩华吾兄：

我现在万分感谢你，使我认识了人生的正鹄。倘然不是你强迫我要来此读书，我断然没有今日的一天。

我以前总觉得你对我的态度有点奇特，我现在才知道你这种态度是对的，而且是十分对的。我新近读了厨川白村的恋爱论，知道没有恋爱的结婚是人间的悲剧，野兽的喜剧。这话真不错呀！真是至理名言。——我在这一方面，已经是拜你的赐很多了。

　　然而，现在我要向你提出一个质问，你现在是不是还抱着从前对我的一种态度。如其你仍旧抱着你从前对我的一种态度，我现在是很愿意接受你这种态度的。虽则我的父母未必答应，但我有能力使他们不得不答应，如其你放弃了你从前对我的一种态度，情愿在旧式的婚约下，继续我们俩的关系，则我有向你提出和你解除婚约的必要。倩华兄哟！要知这是我迫不得已的苦衷，虽则你，救了我，从旧礼教的束缚下解放了我，你是我的恩人，你是我的大恩人，但你未必是我的情人哟！因为到现在止，对于你的好意，我是接受了。对于你的个性，我还不知道，我所以也无从接受你的爱情了。同时，我也很知道，你一定能够接受我这个要求，倩华哟！你是个最明亮不过的人，你是比我早已知道了婚姻的意义的人哟！你赶快写信来答复我，让我自由了，同时也自由了你自己！

　　我情愿你做我永生的恩人，而到现在为止，我是要谢绝你做我的情人！除非是将来我们俩到很谅解的程度。……

的确，我也为他凄然了！这事是来得多么突兀哟！倩华对于她真是可谓用尽心力无所不至，而看她这封信对倩华又是多么薄情。我于勉强安慰倩华以后，并劝他勿为此事而心灰意懒。因为机会是要我们去造的！时日终久还长呢，倩华和她将来正有结合的机会的可能，虽则她现在一时油迷了心，这样决绝的来拒绝他。

"但是——倩华哟！"我对他说："你尽可不必伤心，她未尝不留余地，她何忍弃你过，你看，她不是明明说除非我们俩到很谅解的程度……那不是还恋恋于你的吗？……"

二

正也和数学的公式一样，二加二等于四；倩华的婚姻，便在这个刻板的，父母之命媒妁之言的公式中订定了；那时倩华还只有八岁。

虽则是只有八岁的孩子，据倩华说，他那时已经有得妻的喜悦了。然而完全是盲目的冲动。

一直到了十四岁，他开始对于自己婚姻的怀疑；像这样一个不相识的女子，将来要共同生活下去，是否可能？然而倩华又不敢把这个意见向父母表白。一个男子去纪念着妻子的事，实在也太不长进了。——于是倩华只得暗地里每天对于荩袤——他的妻子越益增加厌恶。

十五岁的时候，不幸的倩华，又丧失了他年老的父亲。他父亲最后的床上易箦的话只是说："我对于人生也满足了；责任也可算告尽了！不过还有一点遗恨，倩华的女人还没有给他娶过来，待你（对着倩华的母亲）把这件事办好后，我也来叫你去。"倩华当时听到父亲这一套遗言，心中更禁不住一阵阵的酸痛，眼泪便如急雨一般地奔流，他如其要想完成"父亲的责任"呢，便非把荩袤娶过来不可。但毕竟荩袤在倩华的心中的地位是早已被否认了的；现在父亲死了又声声不忘他的责任，假如倩华逆了命不肯接受父亲这番好意，父亲在地下恐怕也不能瞑目了。然而这是关于我一生的幸运的呀！倩华想到此，便当着父亲咽着最后一口气时倒在地上滚着了。同时他的父亲还闪一闪眼睛淡淡地向他看了一眼，最后的一滴眼泪便绽出在他那阖住了永不会再开开来的眼皮上了！而倩华的毕生的幸福，难道也在这一刹那间被父亲带到坟墓里去了吗？……

倩华有三个兄弟，大哥是前母所产，已经在父亲生前析了居；二哥是种田的；三哥是半绅士式的农夫，所

殉

以倩华以后关于婚姻上的主权，便落在他的母亲和三哥的手中。

倩华从十五岁在本乡高小里毕了业，来到我们学校读书，那时我已经是四年级了。我们在学校里组织一个《黎明周刊》；"五四"所给予我们的新思潮，都在这里贩卖。我们讨论新文学的问题，我们讨论妇女解放的问题；同时，我也从此开始创作小说与新诗。我一面做着甜蜜的比如"我愿变只狗牵在你爱人的手"之类的新诗，我一面又写着在旧婚姻制度下悲惨的故事。这种故事的结构终是如此：一个青年，娶了一个妻子，妻子完全是不识字的，青年非常不满意。要想离婚，可是青年的话还没有出口，而旧社会的讥讽，已经向青年进攻了。青年抵挡不住这进攻的剧烈，情愿做时代的牺牲，于是自杀了。……有时觉得这故事的悲哀情分还欠浓，再加添上妻子见到青年莫明其妙的自杀了，于是也削发为尼，在荒草萧寺中，执着数珠，纪念着她浮生的过往，遥想着她运命的将来，如花的容颜共着夕阳衰颓了。结末我又效《聊斋志异》里野史氏曰的口吻，说一套婚姻者非父母所得而包办也等等的口调。倩华便是我的小说吸引得最感动的一个人，他当时写了一篇读后感寄给我们发表。我惊异于倩华的文采以外，我又知道倩华有一种现代的中国青年共有的苦衷。我那时便和倩华结识了。

毕业后的次年，倩华约我到他的家里去玩。我那时已非学生时代的我了。在我的面上已找不出青年的光荣了。家庭与社会，使我的两颊失去了玫瑰的彩色，两只深陷的眼睛成了储泪的泪湖，两条英秀的眉毛簇聚在一起，肺结核与神经衰弱竟以我的身体作战场，蹂躏得不堪；然而我是人间的人呀！我又不得不撑起两脚来走路。倩华是见到了我全个的历史的背景的，现在我竟至如此，益鼓励他的勇气，便在这时向他的母亲提出关于婚姻问题的严重的抗议。

我到倩华的家里，他的母亲乘着深夜来访我。

"王先生，你是我阿华的好友，你应该劝劝他哟！"倩华的母亲是个很魁梧的人，虽则年纪六十多了，而头上的黑发还保留着她年青时代的华丽，两颊的丰满使她说话的时候常要抖动："我阿华真是变得利害呀！"

"什么事？伯母。"我很恭敬地问。

"喏，就是这个女人的事情，阿华蓄意不要。"她抹了一抹嘴，"我现在年也老了，外边新花头，当然不晓得，照我古老时势人想想，一个人的老婆，终是爸妈讨给他的呀！什么现在还有自己讨老婆的事情了。唉！我真不懂，背时！"

她把一篇议论发过以后再继续下去说：

"王先生，你想，聘金已经交过，红绿书纸已经拿过了。前世姻缘是定好了的，还想变更吗？唉！真是一份人家风水断了头，出了这个不争气的败子。先生，你是他的好朋友，你的话他非常要听，你只要怎么讲，他总会怎么听的。……

"我是对他劝得舌头都燥了。他虽则嬉皮笑脸地要求我答应了他。我总是对他说：'你下流，老婆还要怎么样讨法，你爸讨了我，生下了你们一大串，有什么地方不好！你再……唉！'王先生，我看到他被我这样骂过以后，上轿姑娘一般地哭起来了，倒有一点心痛……你想怎么办？"

"这事情是很难解决哟！"我乘她的心似乎有点软了的时候便接上说："我也不能劝他哟！因为这是他一生一世的事情，劝劝他，依了我，夫妻俩过得好的，我还没有什么。倘若不好，一家子弄得六神不安的，那便是我的罪孽了哟！"

　　"唉！王先生，抬一个老婆至少非三四百元钱不可。我们是个经济人家；东家丢了三百元，再向西家丢了三四百元去娶了一个来；虽则我老骨头还有几根筋好抽……"这时她语音突然低了下去，并且挨近身子靠住了八仙桌低低地接下去说："他的二个兄弟就不肯。即使二个兄弟没说话，他的二个嫂嫂嘟嘴白眼的神色我也看不起哟……！"

　　"那有什么？"我竟不料做了倩华的辩护士了，"可以将家产分开来哟，把倩华所应得的去娶了妻不好吗？所以我现在要劝你，三四百元钱，倩华要是毕了业一年便可以赚得的。而倩华一生的幸福，却不是三四百元钱所能买得来的哟！"

　　她听了我的话，竟哑然无言如西风凄紧时枯枝上的老鸦敛着她黑色的衣衫，退坐在椅子上。呆呆地想了一会儿说："那么王先生，我也只好随他了。"

　　人去后暗淡的孤烛陪着我凄然淌泪。我想想倩华的前途，我瞧瞧我自己的背影，也只好颓然地倒在床上，拥着被去追逐梦影去了。

　　此后倩华竟不顾母亲的阻难，兄弟的怨言，外人的物议，毅然向女家提出了离婚的条件。但因为从了他母

亲的意见，还要女家退还一半的聘金。女家的父亲听到
这个自古未闻的消息，直同狮子一样地咆哮起来，不但
不准所请，反要向倩华要求养老金，以为他的女儿已经
许了人，不再会有人要了，非自家来赡养不可。

　　事情又是这样的棘手，倩华想诉之于法律，而许多
律师都拒绝这个请求。法律的明文是不规定在这么的情
形下有离异的可能性，于是倩华没法想，再央求中人去
调解，以他的女儿将来的幸福去劝他，以种种关于婚姻
的惨剧去吓他。可是他再也不接受这个意思，以为他的
女儿既经许为周家人，便死也要做周家鬼；幸福管他妈
的，惨剧也只好待他来。于是倩华更没法想了。

　　过了一年，倩华变更了策略，不再提出离婚的话，
以读书为条件。如其倩华的岳父，允许女儿在初中毕
业，便有和倩华结婚的资格。在倩华的初意，以为这个
老人家是素倡女子无才便为德的，对于这个要求未必肯
一定接受的；于其不接受之下，倩华再提出离婚，理由
当然更为充足一点，或许社会也因之会同情地援助他。
然而事实真出人意料，他老居然答应了这个要求，不过
要倩华津贴三分之一的学费；倩华的母亲，以为现在既
然两方相安于无事了，而且将来因此还可以得到一个读

书媳妇撑撑门楣，也很情愿解开她历年积聚着的念佛钱袋去资助她的学费。

荩荄出人意料，在三年中竟在高小里毕了业，于是这自己好像没有权利掌握运命的主权的女人，现在要掌握自己的运命的主权了。于倩华写一封信去问问她下年的主张如何，到底继续求学与否，以后她便堂堂皇皇地答了一封信，请倩华在N埠M女子中学报了一个名，并且通知她以招考的日期。最后一句话，更使倩华心动：

> 倩华哥！我是一个不曾出门过的女子，你
> 应该在那时候一同陪我去考，不知你们学校有
> 没有放假，你有没有空闲的工夫。

倩华这时已经在N埠S小学校里当教师。虽则小学校放暑假比较是迟一点，但倩华毕竟告了假来陪她到N埠投考。

次年荩荄便在M女子中学读书，倩华乃在N埠S小学教书，两个人也颇有过从，虽则荩荄的态度不十分热烈，但倩华总以为这是乡下女子的难免的不容易表情的习气。此后倩华是以微笑与沉思过他的日子了。人家有

问他爱情的故事的时候，他总是笑而不答。今年他又因人生观更向积极方面走去的缘故，毅然来到广东，不期而会的又与我相遇。我问起了他的爱情的故事，他终于微笑地说：

"老兄，不用说吧！马马虎虎算了吧！"

然而他的心中是何等满足呵！益使我空虚者在他爱情的背景上虚幻了一楹蜃楼，几以他为楼中的王子了。

三

这几天倩华的悲凉的情怀，正同欲雨的秋云，郁成一团，把他快乐的青苍的心的天空，全个掩没了！在办事室外一道骑楼上竟做了他踏八卦的场所，没有一时不听到他迟缓而沉重的步履声。

即使有时这个步履声没有了，我们只要向门外望去，背着手悄立在栏杆之旁的瘦影一定也可以看到：可怜的人呵！云山迢递，相隔千里，又怎么能够捧着这个破碎的心奔走到你爱人的面前涕泣求恕呢！

我们几个秘书先生，对于倩华这么的游魂似的不肯伏案候命的举动早已有点不快意了。一副斜白的眼光时常向倩华射去；又因有时倩华在电报的纸上，不期然地要写错几个字，益发使他们不快。

我已经看出这个山色，虽则天下的秘书先生是只会好脸承笑上级官长的，断不会好脸赏给一个书记；但现在他们对待倩华的态度，似乎又更出于常态之外了。

一天，我吃好了昼饭退休在寝室里；窗外的芭蕉似乎有一两片黄了，天际的白云，如薄絮一般地匀铺着；隙痕处留着一星青苍，如条条的柳叶，纤嫩可爱；一种富有诗意的趣味，涤荡在我的胸中。我慵倚窗槛，悠然寄思，几忘却身外的一切了。谁知一回顾间，倩华已倒在床上长吁短叹着了。

"倩华！"我回复了意识对他说："你应该稍稍把你的悲哀收敛了些才好。要不然，你的工作的监视者，将有话向你交付了。"

"哪里，我并不悲哀！"倩华确是一个强者，很少有向人示弱的机会。"我不过在踌躇。因为我又行到了人生的歧路上了，悲哀的攻击，对于我只能暂时的相持，过后我就会把他扑灭了。那里，我现在何曾悲哀，我不过在踌躇。"

"踌躇也应该有个决定了。"我进一步地劝他："舍弃和结合，是只有一条路的；大丈夫行事，就在于这个见机立断上面有所成就；要不然，挨了今天，犹有明朝，时光是过了，青春是老了，一切事业也就抛弃在这因循里了，一切苦痛也产生在这因循里了！"

这样勇敢的话，我自己也好像觉得不是出于我的口中的，然而在这一年中我的耳朵却常听到我的嘴巴常说这种话。倩华听了也一样奋兴起来，约定下午办公完了后对我说他一切的决定。

这一下午倩华伏在案旁不曾离过位。我于公事完了后，也看一些《资本论》，我对于马克思的理论的精辟十分钦佩以外，我又窥见马克思绝大的同情，他论及劳动界的饥荒，竟使我看了心酸。这真是仁者之心哟！

下办公厅的号吹起来了，我们都戴好军帽，背上了皮带，预备去吃饭。

饭后倩华却先我到了寝室。

"洗了面，你到假山上来吧！"倩华整一整衣说："我很详细对你说一说。"

我走出寝室向左走去。一个圆的储水井就现在眼前。井中有一座假山石，曲跻为一尊怪佛像。石隙中喷着自来水；飞散为珠。我再从芭蕉下穿过，寻着了很阴藏的山径，走上了假山；倩华已在绿萝丛中一块铅色的

平石上坐着了，见了我，拂一拂座前积年的落叶叫我厮
并地坐下。

即刻，他就递过一封信来叫我看。

"这是我的母亲写来的。"

我抽出了信笺，里面写着好一手纤嫩的字。

华儿：

　　你真不幸了。你满心想得着一个读书老
婆，谁知你福命没有生来！唉，华儿！没有父
亲的可怜的华儿！

　　我终以为事情是这样可以过去了。你以前
不要她，使得我心头多少难过，后来培养她读
了书，你似乎对她恢复了感情，我就觉得很畅
快。做娘的还有什么希望呢！老了！横竖要进
坟墓里去了！只要你们好好儿一对过着幸福的
日子，也就心满意足，阖得住眼了！

　　但是，现在，华儿，你真不幸呀！我为了
你的事情竟和你三哥闹了一场恶气。华儿！只有
你还是我的儿子，你还会听娘的话；抬到一个媳
妇，买了一个儿子；他们哪里还有我在眼里。

不过话要回转来说，你三哥也是好意，你三哥决计不许你娶荩荬了！华儿，你听了这话将要多么气愤呢！但是，儿呀！你要听你娘一句话，你决计舍弃了她吧！像这样著名的荡女，你还要她吗？

以前我们是多么想把你们俩结合在一起，现在，我们，不但你的三哥情愿牺牲了几百元钱；你的娘，也是很情愿牺牲了这几百元钱了。

自从你五月里动身到广东以后，她，荩荬，不多天，大概半个月吧！也放暑假归家了。但听说在家住了不多天，被一个女友邀去，说什么到雪窦山去游玩去了。我这时，就觉得有一点不舒服；以为荩荬的年纪也不算小了，放山野猪一般地东奔西跑也不成事体；何况再过几年，总是要嫁过来的，平时在学校里读书也怪不得，暑假空闲了，也应该守在家里做对把枕头才对呀！

但自知我是老辈的人，只知道一些老古书，现在新花样是不知道的，也不向她家去警告，任她去吧！谁知她一去，在女友家竟住了一个月；新花样就在这儿产生了。啊！华儿，她真太侮辱了没有父亲的你了。

她的女友，说什么叫纤纤。有一个阿哥名叫格民的。唉！华儿，格民就是你的大仇敌呀！人家说她和格民做了朋友了。

起初这个消息传到我的耳朵里来，我还不相信；我终以为人家气不过我家有这个读书媳妇，造这个谣言，我总要为苤莪辩白；但是事情越弄越真了。隔壁老金哥说什么他到N埠柴行里去算账，亲眼看见苤莪同着一个男子在街上走路。儿呀，这真是奇闻！这真是委屈了你！天下哪里有一个未结婚的姑娘可以跟一个男子一同走路；天下哪里有一个已订亲的姑娘可以跟一个不是丈夫的男子走路！唉！真是我家上百代太公坟孔出了气！

后来我们委实听不过了，叫她的父亲去问问她看，她到底是否同那个狗男子来往。她的来信说什么是她的文友。他们现在在N埠组织了一个什么叫做芳草社，她说他们在出一种

《芳草周刊》，登登诗词歌赋。华儿哟！她的父亲听了这个报告信以为真，以为她的女儿倒颇要学问，也遂恝然置之了。你想，这一对狗男女会做出好的事情来吗？

果然前十几天，你的哥哥到N埠去，说什么在一个文明戏场上见到了苾莪也在做戏呀！唉，华儿！这完完全全是你父亲死得太早一点，我也太放宽了一点，让她读书去的结果呀！要不然，她现在已经讨了过来，家里帮帮忙，扫扫地，小孩抱抱，何尝不好呢！

你的哥哥说：这一天说什么在商业大舞台，在开赈济游艺大会。有男女学生做文明戏。所以，我也以为难得看的去看了。谁知苾莪正也在做呢！妈，我家真讨得一个好媳妇，会做戏子，会读书，而且她的戏真做得不坏。小花旦没有这样好。妈！你将来还可穿着天青缎外套好生地坐了起来，叫你的新媳妇做一出文明戏给你看看。华儿，这话真说得我气一个死！华儿，你这没有了父亲的人，当初苾莪读书的主张他们何尝赞成过，我也为拗不过你答

应了，谁知现在事情弄得这样槽！华儿，你害
了我了！我受了他们这样的奚落。

　　我自从和你三哥闹气后，我三天不吃饭
了……我只有眼泪鼻涕……唉！华儿，算了，
算了，你一准把苤莪弃了吧，我们家上的门
风，是不应该让这狗女来败坏的。我祝望你官
一天一天做得大起来；将来做到了状元那么样
底子，怕没有状元夫人吗？我老了！让我墓上
的柏树来看你们的荣华吧……

　　我一气看了！不觉对他们这种少所见多所怪的见解
笑了！"好一篇旧社会思想的表白呵！"我这样想。接
着，我在信后又见到两行字。

华兄：

　　伯母说一句，我写一句。这一封信，我以
为你可以不必十分相信她的。

　　　　　　　　　　　　　　　逸　附言

"逸是你的什么人？"我看了问。

"是我的从弟，他是在本村小学校里教书的。"倩华收回了茫然若失的神情说："你看了这信怎么样？"

　　"见骆驼言马肿背而已！"

　　"我也以为然。"倩华微笑地对着我说："不过以这封信作旧社会观察的见解，来印证荩葳前五天给我的信里的话，则荩葳对于我已经没有爱情的维系已可证实。同时，荩葳已经得到了相当的情人亦可证实。尤其是和李格民结文社这一点上可以看出她和李格民有相结合的可能，何况又有他的妹子做引线，对于李格民的个性很可以在他的妹子的口中问知而认识。"

　　"是。这一点我也承认。"我双眼凝视着山下的芙蓉作老练的回答。"但你将以李格民为情敌吗？"我转换着口气问，同时，又转过眼来，看一看他惨白的脸。

　　"不，不，绝不。"倩华很决绝地说，同时唇上现出一种苦笑，"我和荩葳的确还没有深切的感情的印证。无论站在恋爱至上主义者的地位上或是站在主张恋爱是有条件的地位上说话，我是没有和荩葳结婚的可能。因为由前者的立场说话，那么恋爱的结合，是很神秘的；完全以心与心相接触的。就是凉亭下的丐女也应有与我们恋爱的可能。如此方能更显其恋爱之伟大。然而我竟不然，当她没有读书过的时候是弃她的，当她读了书的时候，我就恋她了。而她还同是一个她，我不过恋她是个读书女郎而已。这还不是我的虚荣心的表现吗？由后者的立场说话，那么我恋她是个读书女郎也没有错。因为一个有知识的男子，和一个没有知识的女子结合，正同二十世纪人和十八世纪人谈论学问，未有不起冲突的。但说到条件这一件事，就要得双方的同意，现在我对于她的条件，姑且说是可称满足了，但她对于我的条件，未必以为满足呀！那末她尽有像我以前不满足于她一样的不满足于我而提出离婚的权利。……"

我听了倩华这一番纯理性的话，想见了倩华革命精神的修养。同时，我又为着一般唯物史观的信徒，竟也有闹恋爱荒的举动而窃笑。

"不错，倩华。"我急忙接上说："我现在知道一般做三角恋爱的小说的作家真多事了。故意造出牵来绷去的事实来赚人的眼泪！天下哪里会有这种事，只有傻子自以为是悲剧的主角了；像煞有介事的装出'无端狂笑无端哭泣，纵有欢肠已如冰'的罗曼司来。真觉得太可怜了。天下女子不止一个，天下男子也不止一个；条件不合，就大家撒开手儿走；条件合的，就快乐一辈子。

半途里走了歧路，也尽可以分道扬镳，关什么心，打什么紧。倩华，你的话不错。"

倩华和我这时对于婚姻的意见，已走在一条线上了，当然可以不必讨论下去。接着倩华又继续说他此后的决定。

"此后，"倩华继续着说，"我觉得更有力了。不过在这秘书处里终是非计。我们革命工作，虽则不确是限定冲锋杀贼的；但总要量才器使，在这种地方尽可以让安静些的同志来干。我想做宣传工作去，现在江西还没有打下，参谋处长，是我们的同乡，就说要出发，我想一道去，一路上我也得宣传一下。"

倩华说到这里，忽然声音低了下去。双眼远瞩着西方，玫瑰色的晚霞，镶着层金黄色的薄云，俯恋人间似的徘徊着，粼粼如栉的霞纹，刻露着一种神秘的愁意。一会儿倩华又低低地说：

"朋友，让我们的眼泪莫为无谓的事情挥洒。且待明天哟，让在为争自由平等而死的同志前痛洒了吧！"

屈指倩华自出发到今日已经有十一日了，大概已经可以到吉水了。不多日倩华将另行展开他生命的行程了。只有我还老守在这里。耳听得虫声一天一天的凄凉

了！秋风似乎也一天一天地加紧了。今天早晨起来，开
了门，紫藤架上的黄叶又有一片打下来了。我默然地听
到了这秋的叹息，我凄然地感到异地飘零孤独的滋味。
我不觉又想到了倩华。倩华哟！你的话虽壮直，但总不
免悲抑呀！你恋爱的失败者！你革命的成功者呵……

　　　　　　　　　　　　　　一九二七年八月九日

（收入1986年9月文化艺术出版社出版的《龙厄》。）

不幸的男子

　　大概是四年前吧，我曾作过一篇小说，叫做什么他死了的，在某月报上发表过。

　　这篇小说的主人是我的一个从兄，里面主干的思想，大概是说他是被人遗忘了的一个人；连我和他颇有些交情的，都把他忘却了。他这样生在世上，不是同死了一样的吗？

　　为想证明这个结论，中间曾穿插上了一段事实；然而现在觉得这段事实，实在穿插得太简单了。把主人翁，没有完全表现出，竟弄得朝觐哥也不像我理想中的朝觐哥，小说也不像时下所谓短篇小说了。

　　现在我当然也不想把他完全表现出来，作成一篇使人可悲可泣的小说，使读者读了受感动。不过关于朝觐哥有几种故事，颇使人要不时地想起，也就随便写一下来，好在于我本以凡才自期，不曾打算过什么流芳百世的鸿举。

关于我和他的交情，自然是这一件事为最深刻了。——在幽暗的鬼灯下，谈着小生落难后花园和小旦相会，私定了终身，直至考出了状元，夫妇团圆为止的故事。

我记得，这是十二三岁的时候，父亲因为受了隔壁三伯母家盗劫的惊恐，所以把我打发到朝觐哥家里去睡觉。其实我自己终以为强盗是最好玩的人，三伯母家因为有聘哥在美国留学，说是在哈佛大学毕了业，赚得许多乌金归来，满橱满箱地藏着，他们便想来分一点余润，便明火打寨，趁着半夜三更来行劫，虽则结果是使他们失望；然而他们那种原始时代性的想像，终使我表深刻的同情。同时我为他们想像出一个个的肖影，戴着雉鸡毛，背着木大刀，拖开脚步，唱了几声"啊哟哟"……这是多么有趣的人物呢。而父亲偏要我躲避他们的威风，真使我有点不爽快。然而朝觐哥接着说：

"仑和尚，这不是小事哪。四伯伯的话不错。强盗是看油漆楼屋的。我们这么的家里，他们就不会来看想了。"

殉

同时母亲还有一个理由，说："祖母也已年高了，风前的残烛什么时候是不知道的，跟着朝觐哥去睡，早早晚晚也得照顾照顾，也不辜负了你祖母爱你的一片好心；有什么百年之事，也得赶紧跑过来叫我们一声。小人儿乖乖的，你的爸也是今晚睡在这里，明晚睡在哪里没有定的呀！"

此外他们还有说起，要是我把他们捉去了，是要把我当作绑票看待的。我那时对于绑票这件事，不甚了解，以为他们有法术把我一绑，变成了一张纸，绑在他们身边，就成为绑票了。

"那么，妈，我不是常常要带在他们的身边不能归来见你了吗？"

"那自然，他们绑了你游杭州逛上海，再也不能跟你爸妈见面了。要不是拿着'板板'去取。"

好像眼前的这种事实就会实现了，我不觉有点凄然欲泣。朝觐哥便把我带到他家里去了。

朝觐哥家里当然我不是第一次到。

祖母轮到我家吃饭的时候，我是常常到朝觐哥家里来叫她的。祖母年老了，不能再跟小叔一家吃饭，烧煮过日了。父亲便提议三家轮流供养，虽则祖母的儿子是六个，但大伯父二伯父已先祖母到黑暗的王国里去了。三伯父原也是个首途到黑暗的王国去的旅客；但三伯母和祖母说得话来，所以祖母很情愿在我们三家里吃饭——三伯母家里，我们的家里，朝觐哥的家里。——至于我们这个麻皮五叔呢，一身风月，家产已经在竹林之游中消磨去了。

"算了吧，我老了。芝林很可怜的，也不用去打扰他了。反正吃不到几年饭。再说这个泼妇老婆是一生对我作对的。"祖母数着数珠这样地说，我的父亲也抱着同样的意见。

祖母跟五婶很说不来话，也是因为五婶是晚娘的关系。而另一方面祖母也因之十分爱惜朝觐哥。

祖母常常说："朝觐是可怜的，没了娘是就也没了爸了。真跟我那一个白痴一样可怜。"

祖母所说的白痴就是我家的小叔叔。朝觐哥本来不是小叔叔的儿子，由五叔家里承继过来的。

五叔的前妻是早已死了，大概那时朝觐哥还只有四五岁吧。后来五叔续娶一个泼妇婶，听说带来了二个"拖油瓶"。到底怎么叫做拖油瓶，我那时终是不明白，还是泼妇婶娶来的时候前面挂了一个油瓶后面挂了一个油瓶的缘故呢，还是怎么，我不知道。但我也没有去追究它。只不过当人家指着五叔家里出来的二个孩子说是拖油瓶的时候，起了一层怀疑而已。

有了自己儿子的五婶，当然不爱人家儿子了，于是著名了她的泼。人家都叫她泼妇了。

祖母也因爱了自己的儿子而转爱到孙子的身上，朝觐哥便成为自己眼里的可怜人了。

五叔本来是随随便便的人，而他的庸懦又屈服在五婶的雌威之下。所以便也对朝觐哥取消了父亲的资格。

同时，祖母的活宝，最小的儿子，又是个尿屙落床的白痴。以前也曾娶过一个小婶，待小叔真是好，每天给他揩呀洗呀，竟把他弄成很文质的后生一样。并且事事叫他这么做那么做，白痴似乎也有聪明的希望了。祖母是非常的欢欣。但不幸这一位可入贤妇祠的淑贞的小婶，竟因了生产的关系跳入血污池里去了。小叔那时有没有哭过，我也不知道。但祖母的确是很纪念着她的，因为后来的小婶，是把小叔打呀骂呀过日子，当作儿子看待还不如的。

后来的小婶终于这样守不住家业，跟着人走了。祖母撑着老骨来服侍小叔。没有母亲倚靠的朝觐哥，也只好来到祖母的身旁盘旋着了。

祖母抚育一个大的一个小的。祖母的伤心，易水的呜咽也不能比拟的了。

祖母是知道自己的人生路上的行程不长了，想小叔打天下的事也没有了。便提议在子侄辈中拣一个承继。

二伯的儿子朝宗，听到这个消息便从房间跳出来说："小叔的应继是我们一家的五兄弟中随拣一个吧。因为大伯家里，当然没有承继的可能。"

而大伯的第二个儿子朝刚哥却说："爸的名下有了我哥承了正祧，小叔的应继还是我呀！"

而五叔，这时却索着手袖，跑到祖母家里说："妈，我是可怜相的，朝觐是没有娘的人，就让他承继了吧！"

祖母没法想，只好跟三伯伯去相商。三伯的主张，以为反正这样地争着承继，还是你妈做主择贤而继吧。

当然，这个时候，朝觐哥也不是年少了。听到了这个风声，便跑到我的小姑母地方去。小姑母乘着一顶轿过来，对祖母说："这着继应该让给朝觐的。一者朝觐是没有娘的，二者朝觐像一个女人似的，家事上落，很会照管，白痴也不会受了亏。朝宗朝刚那一批人，年纪也大了，谁还来管得你这个白痴，拿到了家产，就只有老婆儿女放在眼里了。朝觐呢，我看断不会这样，还是让这一对可怜人成了家吧。"

祖母本来是这样主张，现在又得到了一个参考，便直截了当，提出朝觐入继。

朝刚哥就首起反对。他坐在小院子里骂：

"咳！我一百个不相信，一天到晚，跟在娘娘地方绕，讨讨好就可以得这一笔家产了吗？虽则你是长辈，也算是个阿叔。什么相干，如其你们不到我朝刚的地方来弄妥，娘娘过了世，我就把这一点田产卖掉。咳，我朝刚是讲得出、做得到的。只要你长着眼看我朝刚做好了。"

接着又是子侄辈一阵附和声。

什么打个花字也不是容易，我们不打花字，看你们过得来继？……祖母没有法想，奔到我父亲地方，叫我父亲弹压弹压。

"有什么可说呢。"父亲说："他们好看的不是白痴，他们好看的是田产。米头鬼不得到一点夜羹饭，终是要作躁过去的。妈，我是一个钱不要的，他们的花字钱，你特别丰富一点吧了！现在时势是弹花浪头下大上了。摆着你妈都会骂得出口，我还放在他们的眼里吗？"

事情就是这么决定了。小叔的家产竟一半作了花字钱。五叔虽则是自己的儿子的事情，却也要拿五十元，说是可以喝喝老酒，除开我父亲以外，三伯伯拿到四十元是最少数了。但毕竟牛瘦角不瘦，小叔还剩三间楼层、十五亩大田及一些山样。朝觐哥当然也可以守着家产吃了。

第一夜我跟朝觐哥睡的时候，祖母那时有点微疾，只是睡在床上没有声息。我顿时觉得一阵阴暗袭上了心头。我只要一到睡在床上了，总是被滚在头上。朝觐哥却在脚后尽是叹气。他有时还声声口口咒着："唉！你斩头切脑的老朝刚呀！你勿得好死的老朝刚呀！你会有后代么，天也没有眼了。我一点家产被你拆拆光！你倒路横死的呀！你块田塽的呀！你肚皮大脚瘪呀！你吃了我的钱是要死得鸭蛋真光呀！……"

我那时，实在不知道他为什么这样骂朝刚哥。现在才知道人世间有所谓利害冲突的事情了。

"朝觐哥，朝刚哥怎么了？"我探出头来问。

"朝刚：这个活缢死的人，会好吗？"于是他缕缕如贯珠地数他如何承继如何分散了他的家产。他最后的结论是："只有四伯伯，是明亮的是好人。没有弄送过

殂

我，存过恶心。——你看老缸爿后脑见腮，这个人会得好死呀？我死也不信。"

他此外又谈些祖母如何中意他，姑母如何爱他，冬姐姐如何爱他之类的话……

"姑娘真是好呀！她有得吃的东西终留着给我吃。每次我去了。酒冲蛋呀，满碗满碗地叫我吃。她终是说，'我的觐是可怜的人，没有娘也没有爸一样，哪里有什么吃。姑姑家里，别客气，你要吃只顾说吧！'我返家来了，也从没有空手过。不是满挈的榨面，就是满篮的黄豆，真是没有东西可给我了，就是缸里的咸菜，也叫我取几株来。还有你的老婆亚利妹妹呢……"

他说到这里终是不说了。我那时对于这种谈话终归感不到兴味。虽则姑母也有做鞋给我穿，做糕给我吃，但我吃了穿了，也就算了，一点不会见恩她。这就是我本无所欠缺，不曾尝过无母的苦痛的缘故吧！所以我只欢喜她讲故事，一个小生落难，后花园和小姐相会，私下成了亲……这是多有意味的事！使我性的意识早已醒悟过来的人，每每会沉想到将来和亚利共居时的生活。所以他一提起了亚利姐姐，虽则我要用脚趺他的腰不许他说，或许继着还用哭去威吓他。而我的心中却只是企望他能够说下去。说下去，说下去——亚利姐姐对他怎么样，有没有纪念着我……

他被我这样威吓以后，有时也不说了，有时还要故意说下去："嗳，仑和尚，你真是享福，亚利妹妹白又白，嫩又嫩，脚儿小又小尖又尖，将来给你剔牙齿，走起路来花旦一样，袅袅，娜娜。……哈哈……唉！"

我这时暗自欢喜，我真如个凯旋而返的将军，什么人能比得上我的光荣啊。如花的美女，将来是我的伴侣，这件事还有谁不高兴。但是一方面却故意装着生了气朝着床屏向里睡起了。

朝觐哥见到我这种的表现，用脚轻轻地踩了我一下："仑和尚，乖乖，哥哥赔礼。亚利……是送的，哥哥不说了……"

在这样的生活中，过了一冬。我家就来了不幸。次年，我已是十四岁了。我的小叔死了。九月间，我的祖母又死了。而这时候，似乎朝觐哥也已娶了。

朝觐哥依照古人的规则在祖母堂前守孝。我又和他同睡在一堆草上。

朝觐哥对于这二位直接保护人死去，他毫不表示痛伤。他的哲学的辞典上，大概注明这二位，都是死的时候了。而况小叔平时也只是个他咒骂的资料，更是他日日夜夜企望他死的。人家也以为小叔叔比祖母先死，是死得其时的。

所以在守孝的时候，一个我的侄儿——可怜他竟也夭折了！——和朝觐哥和我是最作闹的人。朝觐哥最聪明，能够效着女子的哭喊。什么"阿娘呀，你死了末，要管我家里末，节节高呀步步高呀！"什么"阿娘呀，你仙天路上坐莲花，你要将护得儿孙花来末一朵朵呀！"……他都能唱。于是我俩便做了他的后场。我接唱"哈哈哈"的转腔，我的侄儿接着唱"嘎——"的尾声。

我们这样是一递一唱地闹着，几把孝堂做成了戏场。毫不知道睡在棺材旁边的姑母却正是沉默地抱着无母之痛了。

算起来这几个年头儿——从我十三岁起到十五岁止——的年运真是灰色凄惨。在我祖父名下二年间要死上七个人，三个是娘子哥的儿女，都是年纪轻轻的正要打天下的人；但是终于死去了。接着便又死了小叔、祖母。我满以为是可以收束了我十四岁那一年的哭泣的环境的开展了。但是，天哪！谁知我十五岁上又死了我的姑母和父亲呢！啊！我从此以后，从十五岁那一年八月十八以后，我是成为世界上最可怜的最卑贱的无父之人了！

但是有什么法想呢？逝水终归是不能倒流的，我也只好挨着流光过日子。二年后亚利做我的妻子，竟成了事实；我无理想，我只有屈服于事实下；而况我又只是个十七岁的孩子呢！

在万分矜持不曾互语的生活中过了一年，当然这是希有的事。我自己对于此事也有点愕然。亚利却以为我年纪太轻了不知什么，虽则不免幽咽，但也只好俟诸来日。而我终觉得我是不认识这个新的环境的异客，不便有所表示。——直至次年清明家归，我俩——至少是我才知道池中的鸳鸯联翩而游的意义了。

但韶光总是在快乐中短了起来，旬日的假期，指顾间过去了。

在未临别的前一夜，三伯母家里举办着忌饭；朝觐哥当然也以有分子孙的资格来出席的。

在这一晚朝觐哥就有点多言多说了。

我立在我家过弄间的地伏上，听他东一句西一句理理派派地挨坐着三伯母说；他的口上的白涎像豆乳一样地结起来，他本来以大眼睛出名的，现在似乎更大了一倍，他的面孔带着青苍色。

"三伯母，四伯母，只有你们是知道我的心……天是已经黑了的。……我刚刚从冬姐姐地方跑来……我也不惜这一块烂米块，米筛头鬼都看想着我，我素性散散过完尽……我有什么怕呢！这老江爿会好呀！……我也不怕什么刀。……哈哈……"

这时，我不觉毛发有点悚然了。他竟突然地跳了起，像魔女一般地起舞了。

三伯母、大伯母和我的母亲，知道他是已疯癫的了，都只是相顾错愕。

大嫂本来是兜着孩子坐在长凳上喂奶的，急忙悄悄地走过躲到家里来。

旋又稍稍镇停下来。空气也稍稍弛缓一点。

三伯母便一味地安慰他，说他是个好人，天下最好的好人。

他很欢喜地笑了，斯文地立起，走向我这边来，狞然地对我一笑，接着就皱了一皱眉；我竟不知在什么的举动上使他心酸。

他去了，议论如苍蝇声一般地起来。有经验的话，是主张把他幽闭着，省得闯祸。

但接着朝觐嫂眼泪包乌珠哭着过来。

"三叔婆四叔婆，这叫我怎么办哪！他竟至于疯癫了。——现在是证实了。在家里哭了叫，叫了哭……以先我终以为，他一向是多讲多话的！啊！娘呵！这是前天起因的啦。……"

朝觐嫂，悲伤中似乎还带些恐怖，珍珠似的泪在她淡青色的丰满的两颊上泛滥。

在前天，据朝觐嫂说，朝梁哥和朝堂哥做了一次剪刀相会，竟把他吓坏了。

朝梁哥是二伯父的长子，二伯父有五个儿子，朝堂哥是第三个。二伯父在三个儿子还没有成家时，早已把责任抛弃了。朝堂哥是在没有管束下长成的。

起初是学漆匠，后来就丢去了。大概是因为春天到了，只知拼命挖墙跳窗了，脚肚与袜洞之间也藏起了一把威胁的利刀。

那时我的父亲还在着，利刀终归于投报到我父亲面前。朝堂哥无从去流浪，也只好流浪到宁波去了。

几年后朝堂哥竟有了嫂嫂。

但是无产阶级，家小是最不易养。幸亏有朝宗哥能写状纸，也给他们安顿下了。朝堂嫂就算是朝宗家的使女。

不知为什么事故，大概是鸡粪与猪粪应撒在何处为合宜问题，因之朝宗哥家的埋怨朝梁哥家的；朝梁哥家的又埋怨朝宗哥家的。言语几句来往后又牵及毛厕板有份无份的问题，咸菜互借的问题，一茶匙酱油的问题。最后朝堂哥出来保镖，向朝梁哥讨田产屋宇；朝梁哥反唇相讥要他养育费，饭钱；问题越弄越大，朝堂哥便拿着一把短匕，朝堂嫂拿着一把剪刀赶将过去，朝梁哥便抢起长凳招架……这时以前，正是朝觐哥以邻舍兼堂兄弟的资格在居间调停的。这么一来，朝觐哥头吓进钵里，悄悄地返到家里，就开始有点有魂无魄起来了。

"啊！三叔婆四叔婆，怎么办呢……他现在家里是正在骂着朝刚伯呀！……"

一时空气觉得非常紧张，后门山竹梢上的落日已经解职了，灰色的夜幕一层层拉下来。

不远的地方噪声又起了。

伯母们嫂嫂们都挨向穴洞门去望。

朝刚哥正立在小院子里指着朝觐哥的家里骂。

"你好吃懒做的黄懒蚕，你乌蜂啃碟头，把小叔的家产啃过去好了。我朝刚是不会一只眼睛闭着一只眼睛开着做人的。你可以不必假作疯癫，你这下流不是我们家里的种子，要是没有朝刚来周折你，是再也没有人了。……"

朝刚哥的声音一句句在后山回应着。同时大伯母却像一个暗影从白壁上挨过似的走来，拉着朝刚哥的衣袖说：

"朝刚，好了！听一句话，癫人，睬他什么。朝刚，好了。"

"妈，你也会相信他装假！"朝刚哥向大伯母回一回头："终是阿娘没有眼睛，小叔该是没有羹饭吃。我乌珠像鸟一样望着你结煞。你几年来——嗳，头碟也啃饱的了。你还想买屋！哼！你可是做梦。你也该想想，一天到晚混在女人堆里，讲东讲西过日子，你以为乌金会从天上掉下来的吗？坐吃山空，泰山也要吃崩，你粪肚子不晓得翻转来看看，到底你自己有多少臭，你还不知道，你倒能戴着鬼壳脸做人。你不要脸的东继拜爸西继拜娘，你去舔人家屁眼过日子去，我阿爷名下，不应出有像这样的败子的……"

这时妈和三伯母都也过去了。

"朝刚！朝刚！"三伯母叫着。

"什么，三婶，坐呀，坐呀！"朝刚哥急忙堆起笑脸停下骂声。

"你让他乱叫着吧!"三伯母和妈都这样地说,"他是已经癫了的。你越是这样骂,他越是心头糊起来,你不要和他撑倒风船了。"

同时,朝觐嫂也带着满面的泪走到朝刚哥的面前,依着灰黑的屋柱,眼看着天……

"朝刚伯,一家子风水断了头,有什么想法啦!好清好白地癫了起来。你把肚量放得宽一点,反正是野叫,任他叫去吧!……"

真是声泪俱下,再也不能接续说下去了!同时,全院子的空气也顿时沉寂下来。啊!难言的悲凉,支配着各人的心头了。

但不远的地方,狂笑狂骂的声音还是在起着。

"你鸦片鬼呀……你无后代呀!……你拆家败呀……斩头切脑呀……无上无下呀……"

我确实有点负担不住了,我的心。天哪,这种种家庭上的风波是为了什么而激起的呀!

我不再向穴洞门探望过去,想回头走。但插箸似的人站在我的后面,我一转动,她们也就松动了,我就走了出来;同时亚利姐姐——已经是我的妻了,还探头探脑在望。

风波就在我们不注意中过去了。灯下我和亚利谈起了这件事。我认定今晚朝刚哥骂的话确有一部分理由，批评着了的。

"朝觐哥确实太有一点女人相了。"我接着说。

"女人相就不好了吗？"妻反抗我的比拟。

"不，不，就是他只爱和女人说话，一天到晚的，再也没有别的工作做了，不就是他的缺点吗？"

"你们家里，哪个人有工作做过。"妻又反抗地说："朝刚，朝唐，不……还有五舅舅。就是有工作做，也只会包打官司写状纸，像你们家里太好老。"妻的话，竟使我无以回答，像是从什么地方受了一肚子的气，现在来向我发泄。

但同时，我想到了二桩事实，我想用事实来佐证我的论点折服她的语锋。

大概是十年前吧，我当然也是听来的。朝觐哥在大蔡学裁缝。因为是祖父的人缘关系，很和主人说得来，这也不能不说是借祖宗的余荫了。

主人是老泮先生，他据自己说是一肚好相书；朝觐哥的相，他说是品气非凡。——但看你鼻梁以上的气色，似乎他这样说，两眉相结，天庭前突，前半世克星甚重，以后就出险了。……至于你全个面部五狱朝天，确又是大贵之相……你将来定有三妻四妾可讨……

于是朝觐哥便又不胜欢喜，日日以戏文台上的小生自拟。立时感到自己的地位是很高的了，便辍了裁缝的行业，归到家里来坐吃，反正将来终是三妻四妾的。虽则现在还没有小旦和他后花园相会。

然而事实一件一件地过去，小旦却不是后花园找来的，是本村的赵阿火的女儿用二百元大洋娶过来的。

或许是他感到不满，他的理想中的小旦至少总不是这样，所以他也曾为想振作自己到过上海去一次。

从上海返家，便赶紧预备继拜担，说是在轮船上他寻到了一个爸爸了。

"咳！这个人真好，"在大廊前的石凳上，跟着大伯三伯母一辈子坐着的朝觐哥开口说，"这一夜，我从上海来，坐在通舱里，这个老头儿，因为动身匆促，所以忘带了被头，我反正有多就借一条给他。他很感激我，给我谈上了一夜天。他问我家世，我说是王尚书的后代，我们车门前有四只石狮子、两双石鼓……我怎么长，怎么短，说了一大套。我后来也问他，他也为我说了一大套。他没有儿子，只有一个女儿；他在上海开了一家绸缎店，一年，少讲讲也有累万进账。他讨了三个老婆，都不曾生过儿子，这是他一生做人最感欠缺的，最伤心的事。我巴望有像你这么大的一个儿子，也不用到上海来照顾了。"他这样的说。

"他这样说了以后，我即刻接着说，'那么我继拜你做了儿子吧！'他很欢喜地答应了……"

朝觐哥，自感十分满足，现在是应着了老泮先生看相的话了。

朝觐哥以为这次继拜担挑去以后，至少金条终有几根带回来的。然而以前，一道在宁波下船，过他家时倒还有他的三位夫人和长得一个好脸儿的女儿来跟他谈谈，这次继拜担挑进去，朝觐哥况且又换上了一件马口铁的竹布长衫，终应该光面得多了。但结果除一个大夫人来招待外，他们都打他们的牌去；而尤其使朝觐哥感到欠缺的，大概就是女公子也不出来叫他一声哥哥这一桩事吧。

我把这二件事实说完了后，我的结论，仍旧是一句，他不是怎么样一个好人。

"哪里，那也是宁波人不好呀：好心没好报。"妻还有她自己的理由。

"我以为他自己不肯脚踏实地来做,只是一味痴心妄想,想得横财发迹,这不是太傻了吗?"

"你自己傻了吧!马无野草不饱,人无横财不富。你们自己书读得昏了啦。——看你读读书就会发迹了吗?"

从妻的辩护的话中,映出了朝觐哥的人生观。我虽憎恶朝觐哥的惰懒,但对于妻的辩护终以"女人之见"一笑置之。

"都是一担里的茄秧,我也不对你说了。"我笑着说:"你们终是怠惰,贪快乐,爱间,迷信,支配着的同样货色。朝觐哥甚至于说,做裁缝的人抽线抽得长的就会长命百岁的话呢!哈……"

"这种上落也是有的……"妻还要争持异议。但我终于不胜其烦地停止口战了。

次晨我便起程到宁波,还是一样的随着钟声铃声过生活。茫茫然飘飘然,吃饭睡觉上课,如斯而已。

一天清早族侄绍衣乘着夜航船,也来校了。第一句话他就对我说:"啊!仑叔,朝觐叔癫疯了,以后,真是闹得不得了。深夜打进了你的家里,开开梳头镜箱,粉敷得雪白的,眉画得滚黑的,绕上了几根红散绒……幸亏植叔起了来，把他缚住了——但小姑和婶婶已经吓做成一堆了，还有他……”

接着，朋友们都走了拢来，绍衣也不再说下去了。不幸的男子呵！我这样暗自感叹着。

暑假归家的时候，我才知道朝觐哥的疯癫已经有相当的解决了。但见了我终是低了头不说话。

就借了这个缘故我对妻问起。

妻竟不觉哑然笑了。

“这个人也太奇特。”妻说：“起初几天还好，自从被朝刚哥抢白了以后，第二天，他很好的了，不过举动不大自然一点。人家以为，这是‘外婆’的照顾。”

“有一天，我跟大伯母上磨坊磨粉。他悄悄地跑来，对着我说：‘啊！亚利，你真是可怜，你的娘竟死了！’我因为几年来尝到了没有妈的痛苦，他这二句话，已够使我伤心了。我竟禁不住要掉下泪来。

“但他还要说下去：‘姑娘待我是真好。她终是说，我的朝觐是可怜的，没有娘就没有好的吃，没有好的穿。唉！朝觐，我姑姑家里别客气，要吃只顾说。不是说一句，子侄辈里，姑姑只爱我一个人。要不是，我朝觐家里穷一点，你，亚利啊！姑娘终是许给我的

呀！……'我这时，我只得不去睬他。但，同时，大伯母倒抢白他一顿：'啊！朝觐叔，你这话怎么对得住小叔呢？'

"'仑和尚吗？'他接着说：'不在乎，不在乎。亚利，啊！龙凤小姐。我和仑和尚，你成了一家吧！你们俩现成的吃吃，我给你们烧烧饭，仑和尚出去读书去了，我就给你们管管家……'他说到这里，同时就眼睛一圈一圈放大起来，面孔一块一块青起来，白涎一层一层积起来，我真吓死了，急忙逃到房里……"

妻说时好像还有余怖。但我却深入在沉思之中了。

"听说他打进房里来过呀！"我又继续地问。

"是呀！二伯母的房里哪。"妻继续说下去："他此后每天终是龙凤小姐呀龙凤小姐呀地叫喊。有时我们在厨下做饭，他一声不响地在灶前出现了。大伯母用着菜刀敲着桌子示威，他只是露着牙齿笑；一点也不怕，一点也不怒。接着龙凤小姐又叫起来了。要是我在厨下什么地方坐着不动呢，他也不怎么样。要是我动一动走一走呢，他就赶了过来。一次我见到了他就逃，他见到我逃就赶。尚幸大伯母拿着鞭子赶过来把他一顿打，他于是反转身对着大伯母笑了。一会儿他又鼓一鼓嘴，白一白眼，侧一侧头拽开脚步去了。同时他还要唱着'龙凤小姐呀！龙凤小姐呀！'。"

妻似乎有点自诩的表情；这"龙凤小姐"的名号，是多么尊贵。

在这一点上，朝觐哥的人生观，和妻的人生观，确乎有十分相同的地方。然而在我觉得朝觐哥行动与言论是多么可笑，愚蠢，幼稚……可是人生的悲剧，终是缺陷多于圆满。朝觐哥的想慕竟不能成为事实，而我们的思想的相距又似乎也十分远，这是如何可悲的一桩事呵！

"到底房门怎样打进来的。"我接着又问。

"那是——"妻储着满腔的恐惧似的报告："那是不知哪一夜，他把二伯母的房后门打倒了。二伯母还没有醒，伴睡的小姑也还没有醒。后来倒是楼上的大伯母醒了，叫了起来。二伯母和小姑起来一看。后房灯点得雪亮；矗立着一个白面孔。小姑直叫起妈妈来，同时他撑起二只白手向前猛扑过来，不许她们叫。她们二人但仍旧叫喊着，拔开前门逃。这时大伯也下去了。他仍旧返转立在镜子前去敷粉，一边笑，一边敷。大伯偷偷过去用了一条绳子，终算把他缚了。他一看是大伯，哈哈笑起来，说：'送我到龙凤小姐地方去吧！'"

"癫人总是有鬼附着身的。"妻继续说下去："不料缚了的人，第二天，却又被他滑走了，又走到我家来……"

"我一听到他的声音便逃，小姑一听到他的声音便叫'小嫂嫂，小嫂嫂。'于是我便躲在房里一点不做声，有时他向舅母问：'四婶婶，龙凤小姐哪里去了？'直待舅母骂了起来：'脸皮不要的，还不归家去！'他也就笑笑着去了。……"

"那么，你现在做了龙凤小姐了。"我听了妻的话，笑笑地说。

此后，朝觐哥的疯癫终于好了，然而他足上的烂疮，却发荣滋长起来。他而今是更不能从事于生产了。他只能每天坐在家里和女人们轻易地谈谈。他似乎不再骂人，不再愤恨了。——或许他已经失却了知觉了。

他这样的在病的状态下绵延了三年，终于在有一天，烂疮收了口后死了。抱着不可及的希望死了。在这三年中，我并不曾到他的家里去慰问过一次。有时他偶然在一个地方见到了我还要躲躲闪闪地避着。我每在这种情形中，心头要阴暗起来，我觉得我是攘夺他的幸福的第一个罪人。然而，不幸的男子呵！这是社会的势力支配着我们。在某种情形下，你应该恕我的呀！

近来，我因为在心中时时有一种不可及的希望在起，使我对于人生，对于家庭，抱着十分厌倦的态度。所以不时地忆着同样运命的朝觐哥。所以把这些琐事记下来，宣告人间的事实每每是没有圆满的，而终是缺陷的。谁能免除不幸的袭来呢！

一九二七年八月九日

殉

三田蚬把腰部一伸直，一阵轻淡的懒意就通过了他的四肢，全身部为工作所激动而紧张着的神经同时就有点软和下来。

权把锄头当作拐杖，三田蚬两手按住了锄头的末端，头靠在手背上，身部斜作七十度光景，拽开两只脚，和锄头鼎足地立着；这就是三田蚬工作后休息的唯一的姿势了。

没精打采懒洋洋地移动着他的眼光，从坐北的诗谷屏山移到坐西的后门山上，他不觉微微地笑了。——同时心中感到稚嫩的欢喜；如同清碧的池面，吹过了一阵柔风，漾成了粼粼的涟漪。

显然是冬残的时候了。诗谷屏山上的茅芦蕨薇之类的植物，都把青春的色调消失，只遗留着日落时候的赭败的颜色，其间偶然有一两株古松，尚呼着它生命的残喘，显露它岁寒后凋的坚贞的精神。

然而一看到后门山，世界就顿换了两个。这里是永不会见到冬的威权的了。秀挺的绿竹，一丛丛地满植在岗峦山谷之间；俯仰随风，激动起一片绿涛，如在漫山漫谷的漂流。而尤其秀挺翠绿的——几乎可说是黑压压的如同樟叶一样的——一块竹丛，却就是三田虬的了。三田虬所以微笑的原因，怕也就是这个原故吧。

要是把这些竹丛所表现的色调比作翠浪，那么三田虬这块竹丛便是浪头；要是说在这四围山色中的这些竹丛便是萧条的冬日里宇宙的生命寄聚的所在，那么三田虬这块竹丛，便是生命的顶点了！

——一生的心血哟！一生的心血哟！三田虬想着，接着重复笑了。

三田虬一看到这丛竹山，便把世间一切的荣华、名誉、金钱、恋爱都忘却了，有时简直忘却了自己的生命，怀疑自己的存在；而同时心境的清净，如同极虔诚的教徒，跪在神祇前默祷，只通过了一阵月亮的光明，此外什么也没有了；三田虬直像狂妄的恋人一般地爱着这些竹丛。

—— 一生的心血哟！一生的心血哟！

三田虹全身通过一股热力，精神立时便健旺起来。

即便在手上唾了一口口涎，锄柄搁在肩旁，两手来去地搓了两下，左手捏起锄柄，右手整一整破毡帽，顺便再束一束腰带；两足拽成"攻占步"，继续进行他蚕豆田上的工作了。

飕飕的西北风，摇着沙田堤上的柏树。可怜的柏树，腰部缚上了一堆稻草——这就是农家的储草所了——枝丫上已经没有一片叶，连黄了的都没有；西北风竟把它当作箫笛吹，不住地在这枝丫间发出呜呜的叫声。有时西北风刮得紧了，几乎要因草堆的重量与面积的关系连根地把它摇动起来。在这沙田的一角上，冬的威权，施行得多厉害！而三田虹独能毫无所顾地做着工作，这也可算是一桩奇迹。

四野已没人迹了。冬天的西北风，觉得有点燥而且尖，飞沙与黄叶占有了全个的世界。人在这个环境里，面上四肢都起了一层干燥，而且皲裂。三田虹似乎觉得面部受了一种平面的压迫；筋肉有点要收缩拢来，便也把锄头停下，伸起左手，猫洗脸似的揩了一把。一看，太阳已经要向西山落去了。

工作已做成了一半，也可以告个段落。

　　负上锄头左臂肘弯过了锄柄，扑一扑足上的泥沙，仰起头看到树枝上站着两只敛翼的乌鸦，一声不响地栖停着。——西北风已经稍稍收住了。夜影似乎荡漾在这二只乌鸦的周遭。

　　向着归路走来。三田虬自家一块竹山，又在眼前展开。这完全是一幅古趣盎然艺术的生动的古画；东西中外往古来今不会再见的古画。

　　竹山下沉沉的一带瓦屋；错杂零乱，在不整齐中却可以看出美的和谐。竹山上是半壁霞光，明丽的红云，与欲流的蓝天，相互的辉映；一条条的炊烟人立地上升，织成了薄薄的一层银灰色的罗网，罩住了竹山的色相；如同睡意惺忪的闺女，披着件飘飘临风的纱縠，益觉得妩媚无伦。行将解职的太阳，从绿竹梢头穿过它临别的眼光，又蒙上了这一层淡烟，宛如一个俏丽的少女在淡蓝的眼镜下，辨认她荡魂的明眸。——这造物着意涂描的画图，每晚是这样引人地欢迎我们三田虬。

　　喜悦到了极点当然也只有微笑了。三田虬又把在左手袖筒里的右手不时抽出来捻他的嘴巴下颏，但无论如何终捻不去他的微笑。这个快乐竟有如仲春初暖时节感来一种薄薄的软软的醉人意味。

三田刓在这个情景中走到家了。全个的山影摄入在他灵魂里；而他全个灵魂又投入在忘形的境地里。

—— 一生的心血哟！一生的心血哟！

三田刓是个孤独的人。虽则世界是这样大，而他总无法避免其孤独。好在三田刓觉得在这样大的世界里能随他一个人独来独去，倒也未始不是一件足以骄傲的事。

三田刓以前也曾有过父母，有过兄弟，有过老婆，然而现在都死的死，远离的远离了。

三田刓是他母亲的最后一胎。他在母怀里只温存到六个月；他的母亲就和他永别了。在这呱呱啼乳的生活里，小小的孩子已经接受了无母的悲哀，种下了孤介的根性了。

因为是家境的关系，三田刓便在他大嫂的臂抱间养育长大。而大嫂在不得已的情境中，除照例喂饱了他，便把他丢弃了。虽则他需求母爱抚慰的哭声震动了一屋，然而大嫂有别的家事忙，父亲也抚慰不了他，任他自己哭起，自己停止。——于是他知道不必有所求于人了，吃饱了就睡觉吧！谁和你来对着牙牙学笑语呢。

三岁的时光，他就跟着父亲睡起。父亲是个村上的和事佬，不着家日的。白天里，三田虬总每每感到有点飘飘然。大嫂是因了两年的豢养，阻碍了他们爱情的生活的进展，反而厌憎他了。而且她又可以贪功斥骂。三田虬对于她也只有畏惧，怎么也亲近不下去，而他又没有姐姐。

虽则是小小的孩子，但当会食的时候，也知道所谓人间的礼让了。三田虬绝不自己做主挨上前去争食，除非是他的父亲叫了，才迟缓着步调走过去。有时他的父亲一时记不到他，他便也背倚着屋柱，两手垫在臀部下，向东向西地摇摆着身部，眼睛不住地发着期待的光辉，直待他们的会食完了，他才咽一口干涎向门外踱去——于是三田虬采着天井中柴把上的树叶竹梢，揩他的眼泪去了。

在这一家里，三田虬显然是个"剩余价值"。男子的心终是粗率的，怎么会处处顾到呢？虽则三田虬挨了饿有时会被父亲发觉，但父亲又可向谁骂去？"一箪食一瓢羹"，补偿他的欠缺，已经是叨天之幸了。

三田虬捧了饭碗，也不怨怼，也不快乐，总是慢慢地吃。大嫂来收拾桌子了。他咬着碗边必定要把嫂的容色观察一下，要是大嫂的脸上现着铁青色呢，他便把这半碗饭放下，说已经吃饱了，舐着嘴巴，假装着满足蹒跚地行去了。

也没有邻近的一个孩子，也没有好弄的一件玩具；好，就在鸡坍旁石凳上坐一下；不好，就在柴把边掰几片柴叶；竟不知此身是什么地方来，又不知为什么要在这里存在。有时他看到一个女人挈着一个小孩子，小孩子不住地喊着妈妈，女人不住地抚悦小孩子；他也极想有这样一个妈妈，然而他听人说，他的妈妈是到坟墓里去了。……

自三岁到六七岁这几年，他就是这样地过着生活。七岁以上，他就有正当的职业，早上晚上看牛去。

父亲是他十岁的时候死去的，二嫂是他八岁时候娶进的，家庭间年来虽急剧地起着变化——大嫂也养了两个孩子了。——而环境对于他总是一样，没有所谓悲哀，也没有所谓欢喜。

牧场里理应是他的天堂了，然而他孤介性成，再也不能跟别的孩子玩去。他手牵着牛绳，眼看着牛儿嗖嗖地吃草，牛儿前进，他也前进；牛儿打弯，他也打弯……太阳便这样落去了。

在春夏之交，现在三田蚬又加上了一种工作了。在睡梦初起的清早，在放牛归来的晚间，他便当接受了大嫂的命令，在后门山上的竹山里去掘笋。他终古没有希望的心，现在却带着一点希望去进行他的工作。这时候，啊！这时候怕就是三田蚬得到人生的趣味的唯一的工作了。

在一块长着蒲公英杂草之类的地上，迫着眼去寻他的一个希望的所在。偶然见到了一个裂缝，虽则一锄头下去未必是真会找出了笋，不免走了一趟空；但在连接不断的寻找中，终会能够把希望达到。翻了几锄头，小黄猫似的毛笋，便满身金色地出现了。努了一下力，锄头再向鞭上一斫，小黄猫便落在他的手中了。三田蚬的心中在这些时间里，是多么充实的呵。

然而此外三田蚬还得到些什么呢？

终因家境困难，大哥二哥便发起分居。三田蚬这时也有十七岁了。

三田蚬别的没有，就是这一片竹山，二亩砂田和竹山脚下一楹破屋。

现在大哥是在下三府住着了。二哥讨了嫂嫂后便整天整夜地荒唐，家庭间燥闹到鸡飞狗上屋，二嫂终于被卖却，六七亩田也在他的手下卖给人家了。不上四十岁便也死去，现在连一根草也没有遗留下。

其间，三田虮也曾讨过老婆。但他有了老婆，他就觉得他的生活便多了一层阻碍。如人面上的赘瘤，总觉得慊慊然挂肚吊肠。而他的老婆，自从归到他家里来以后，从不曾看到他开一会笑脸过，冰冷冷的，如全身浸在溪水中过日，竟有点按不住她的一腔热情了。

终于她相好上了一个汉子。三田虮也稍稍得到些耳风，于是更觉得在他的一间屋子里，无端加上一个女人是十分多事的了。但他是个孤介而且柔弱的人，他从不曾向人间提出过一些反抗，也就在自解自慰的"算了"中过日，要想把妻子卖却就做梦也不曾想到过。

然而汉子也终于把他的妻子带走了！

"也好"，三田虮只有这样想。于是三田虮便自己着手来整理家下什物。

行年已将四十，人生的教训，三田虮也受得够了，只有一片竹山，终古常青地安慰着他。

也有许多远房的长辈，叫三田虮将竹山变卖，重娶一个老婆进来，以继续他父亲一线的香火。三田虮虽则觉得这一步棋子是摆得不错，但他没有勇气摆下去。这也并不是怕再有一个女人要从他手中逃去，为的是二十年来辛苦经营的竹山不忍因了这一件小事而失却。

也有许多远房的长辈，说他何不把这些二按大的毛竹卖去，至少两元一株算，也卖得头两百元；一个老婆便得娶过来了。他也觉得这话不错。然而一想到这些竹斫去了后，竹山一空，不特青苍欲流的翠色无从凭着破窗握抱，就是拥衾高卧之时梦中也听不到后山萧萧摆风的睡眠之歌了。这是多么大的损失呵；毕竟无端在身旁添一个横眠的人儿有什么意味？

算了，行年已将四十，能够这么过着生活也就够了。

三田蚍腰褡里摸出了钥匙，把等于虚掩着的破门开开，一眼的黑暗，几疑是走入了地洞。但挨过些时三田蚍才辨认出靠着壁的一张破桌，和桌旁二条破竹椅；接着视线渐渐扩大，屋柱上挂着的蒲鞋，壁档上插着的钩刀，桌子下的敲草榔椎，横梁上挂着的板末铁耙，壁角站着的犁头……都一一有意无意地可以看到了。

三田蚍照例地把锄头向横梁上一挂，擤一擤鼻涕走向厨下去。

厨下洒满了一室竹影，灶前桌的脚上食橱的脚上都长满了绿苔。

灶头邻着后窗砌着。立在灶前调羹，可以从窗头窥去，一山的幽景都奔集拢来。

三田蚬在食橱下格，拿了一个瓢，挨过灶前走到后门去舀水。门旁长着羊齿类植物，虽是枯萎了，但三田蚬也没有将它砍去。

滴滴的山泉从石隙中流下，积储在门后的苔绿的缸里。临坳长着的小竹，风来时，竹梢俯仰在拍着屋檐。三田蚬看见这种生动的情景，右手拿着满瓢的水，凝视着不再动弹了。

竹山里的景致的幽美，在三田蚬看来是比什么地方都好，尤其是夏天的月夜。

繁星似的萤火在竹根下闪烁，每当它的光亮一发，在它的光的所照到的极限内可以看到嫩绿的小草含着晶莹的露珠，静默地伏在地上，领受着夜的恩赐，如同青年少女为着她难言的隐衷在暗室里默祷。风，绝对地停着踪迹，每枝竹竿都静悄悄地立着，月光舒波其上，每片竹叶上含着的露珠，闪着温和的银光，如未笄的女童，舒她妙丽的慧眼，呆哂引人。倘是登上了破楼凭窗看去，则又如碧海一般，绿波滔滔，飞跃着溅溅珠花。——这些未能笔述的美景，似都为着我们的三田蚯祝福着了。

三田蚯舀了水洗好了锅子，于是开始他的夜餐。

近来天气十分寒冷，饭后，三田蚯便到床上去取暖。一盏"手照"横放在床旁；荧荧的光焰，帮助三田蚯脱去了衣服；便嗤地一声被吹熄了。于是三田蚯在风啸竹鸣中送入到梦乡中去了。

是有一天早晨，三田蚯从梦中若有所失地醒来；这没有齐整的窗户遮掩着的一室中，似乎比较别的日子更觉明亮。三田蚯缩一缩后足从床上坐起，知道白雪已经来到大地了。同时三田蚯意识到一阵阵的冷风从窗隙呼呼地穿进来，似乎有点抵御不住。

他以为一夜的雪，今天总可以晴霁了；三田蚯虽不想去做什么工作，但总还得在太阳下打几双草鞋。可是打开窗子，雪还是在飞扬着。

三田蚯从前楼走到后楼，瑟瑟的一种单调的音响，向耳边袭来。凭着后窗一望，满山的竹叶，也压上了一层白雪；山地上简直找不到雪的影子，虽则不时地在竹叶间也有一片片的雪花洒下来，然而着地又都变作水了。而况竹又是这么的密，叶与叶重重叠叠地已织成了厚厚的绿幕；雪花实也无法多多漏下。

以前一片的绿海，今日竟变成一片的白洋了。因着一株株竹的高低参差的关系，又可以看作是一大群的白羊，互相挤拥似的在爬着山岭。而有些强硬些的不肯屈服的竹梢头，三五零落地高耸着，这就是牧羊儿郎了。

三田虬这时在他枯窘了的心井中流出了一脉爱泉；如同伟大的接受着上帝的意旨的母亲，开拓着她海一样的胸怀，微笑地看她的爱儿的跳舞。这上帝把三田虬的竹山换上了一套白装，确实也是一桩有意味的好玩的剧景。

雪花尽管斜斜直直翻翻侧侧地打下来，没入在大洋里，便找不到它原来的位置，每枝竹都挺着勇气承受着，一点也不逃避动摇，如勇敢的战士矗立在枪林弹雨之中毫无畏惧神色。三田虬的爱意，三田虬的喜悦，也同这雪花一样的洋溢着了。三田虬也一点不畏惧寒冷，冒着这森森的寒光对立着凝看，身外的世界全个儿消失了。

夜影袭来的时候开始紧刮起西北风了。

三田虬好容易消磨去了一天的时光，这时稍稍感到一种不安的心意了。

然而让那不安遗失在那梦中吧！三田蚍拥着被入睡。

西北风刮得更紧了，全楹屋子都有点摇震；这古旧的屋开始咯咯地发它被压迫的叫喊。三田蚍从梦中醒转来，却带来更大的不安。

他开始注意听那屋后的竹山。

大风呼呼地吼过，接着便是啪啦啦一阵碎裂声。三田蚍沉着的心立时吊起在喉头。

大风呼地又吼过，啪啦啦的声音，接着更其烦多；三田蚍立时坐了起来，睁大着眼睛向黑暗的空间努力追寻什么似的四瞧。而啪啦啦的声音又起了，接着又是"沙——"的一声如同浪头泼过了船沿。

耐不住这煎熬的心，三田蚍索性擦着火柴燃着了灯；然而壁缝间的风，又把它吹熄了。好在室中因雪光从破隙中反映过来，还不全然漆黑，朦胧间还可摸索着行走。

把后窗打开，竹山上的雪竟翻海一样地在掀动。天空笼住了朦胧的夜色，雪花还一如日间的乱翻。大风从北面吹来，雪花尽向西面飘去。站在距离不十分远的一株竹，开始向西弯去。雪的重量超过他抵御的能力了，弯去，弯去，弯去！终于回不过头来，啪啦啦一声折了。而同时，这一堆雪又传递到附近的一株竹梢上；又是一阵北风吹来，这第二株竹梢便也承受了全盘的罪孽似的，啪啦啦的又折了。……

这样地接二连三的过去，啪啦啦的声音很少有间歇的时候。……

全山掀涌着摇震着，叫喊着……

末劫的时候到了……

三田虬以前还带几分恐怖，过后，知道是这么一回事，便有点茫然了。但总以为这是个梦，是个噩梦。

——啊！噩梦也该醒了吧！这啪啦啦的声音把三田虬心中的苦痛唤回了。

——啊！天哪，我的一生的事业全毁了！

原说是这块竹山对于行年四十余了的三田虬，而况又是孤老，也不会发生甚大的价值的了。然而为了自己享乐这一点意义上说，三田虬对于这块竹山，应有自己珍惜的权能。然而现在呢……天把他收拾完了。

三田虬全身的神经都有点麻木，颓然地返到前楼。后山啪啦啦啪啦啦尽是叫喊着，一株挨一株地折下来，三田虬无以自明，总不住喊着佛号。

时光的足迹也无容细数，三田虬终于开着眼睛挨到天亮了，虽则别人家终还拥着老婆在被内取暖，而三田蚋却从不知睡着或是坐着的混沌状态中醒来，走到后山去了。

有的从竹梢头开裂，一直裂到竹根。有的折了半段，竹梢下压到地面；有的横横地斜倒；有的两两折下，两两的交叉着，如教徒们在胸前画着十字；有的还顶一头的雪将要折断似的……总之，是全部毁灭了！……如同一尊塑像，已经是崩坏过半了。

三田蚋的心头起初一点点地扩张开去，苦痛像海上的波涛似的泼着，跳着，高啸着。接着全身起了一种战栗，绝大的压迫袭上了心头，心房心室的流通的血道都紧紧地闭住，同时全心部即刻地收缩，收缩收缩……凝结为一座坚固的岩石了！最后，如同有一把金剑从喉头硬生生地吞下截开了心岩，竟禁不住喉头涌上了一口血潮，急速地阖拢嘴巴堵住，血潮已溢出在二唇角了！——啊，天呀！痛哪，三田蚋一生不轻易挥洒的眼泪便也涌出来了！

——毁了，天哪！可惜还收拾得欠早一点哪，竟使我偷活了四十余岁。

于是像镜子一样在这一刹那间反映出他的一生的历

史：六个月没了母亲，十岁失了父亲，遍受了大嫂的白眼，无端遭遇老婆的侮辱，一切的一切……——啊，天哪！今天我知道我是真个孤独的了！然而我也应该结束了我的一生了！

什么事情都像雪一样的消溶了。对于三田虮竹山的遭毁，人们都归罪于他把竹培植得太密的缘故。然而谁知生着很少有人过问，死了也没人知道的，三田虮却在竹枝上高悬着有三天了！……

一九二八年

（此文收入人民文学出版社的《巴人小说选》、宁波出版社的《巴人文集·短篇小说卷》、文化艺术出版社的《龙厄》。）

黑　夜

一

已是十二月二十七夜的时候了。

月亮也不知要待什么时候，才会上来。一片无际的黑暗，笼住了大地上的一切；只一簇簇模糊的轮廓，在报告它们在黑暗中所占到的地位。寂静宛如是黑暗的姊妹，黑暗所到的地方，同时也有她的足迹。虽则凛冽的西北风在日间，还吹起满谷的黄叶，吹折已枯的残枝，吹凝一溪的寒泉，如同悲吟的诗人，不时地唱着这宇宙末劫的挽歌。但偏是到了晚间，西北风竟也被淡弱的病了似的冬日带去，休息在鸿蒙的国里，恢复它一日的疲劳，连像舞女的舞衣轻轻地在草尖头擦过似的声音，都不会在这四面环山的乡村间听到。村路旁零落地散植着的古溪口树，临着枯窨了的小溪，如同一个伟大无朋的老人，抱膝默参；又如一个年届古稀的渔翁，临流补网，为着他未来的冀希而努力工作。但它也一样的，连低微的叹息都没有。

乡村的岁暮，不比城市的烦杂；每家都预备着过年，夜间也早已休息了。一般桥头三叔，虽则在溽暑流金的盛夏，或寒虫初鸣的嫩秋，每每要拣凉风洒然而来的杏树脚，或明月泻影的尚书车门，横着他们古旧的烟管，喷着一朵朵的烟云，白嚼他们的臭蛆。但现在恐怕是已在破菜油灯下，皱着他们的眉头，屈着手指儿，计算他们的债务了。所以今晚不但自然界表现着万分的静寂，连人间也仿佛如墓圹似的深深地陷入于静寂状态里。

在离大堰村约半里路的下大山脚下，这时，大约是二更时候，有一点鬼火似的灯光，迅速地如同夏夜天间的流星，平面地向村头飞射过来；但移动得不多远的路程，似乎又沉默在黑暗里不见了。接着又显现了，又平面地进展。

灯光愈移愈近，开始可以看到它有点飞跃的状态；如同曲线地进行。但突然这灯光又熄灭了。

如有不测的悲凉的运命要临到这村上了。

　　喤然破空的锣声，在里宅祠弄响起，接着后门山的山坡上也听到有锣声，村前的溪水中间也听到有锣声，对村后畈山上也听到有锣声。局促于路旁的古溪口树，也不能再长此静默下去，一样地应和起来——沙！沙！沙！……

　　攒在草窠里埋首藏拙的冻狗，也都一齐起来，开始试一试它们的破喉对着后门山叫。

　　什么人都惊惶了，除非是不曾接受过上帝给予的机智的小孩，还正在睡乡深游；然而亦已兜在母亲的围揽里，他们的母亲早为他压住惊恐的侵袭了。

　　听听后山上，于狗声锣声在黑暗中浮动外，还有呼救的声音。

　　"什么地方着了火了？"

　　阿庆大麻皮，把瓦手炉放在地上，烟管向腋下挟住，伸长了脖子从他的破屋的檐下投射出眼光去，然而只有黑暗，无边际在眼前开展。

　　阿庆大麻皮家的门外，开始听到有一阵急促的步调声，知道这是老贵叔。"什么事，老贵叔？"阿庆同时从破长凳上立了起来，对着坐在他左边的老婆看了一眼；他的老婆如电感似的通过了一阵恐怖，眼瞪口开，如同罪人受天谴似的沉默着。她那深插在衣角下的两手也有点战栗而痉挛了。

"呒也不知什——"如同梧桐叶间漏过了晚风似的声音，一边发出，一边向短墙左边移过去，最后听不见了，而足声同时也由低微而消灭。

"他妈的。"

阿庆大麻皮走了出去，把门阖住时眼光又向妻子身上一溜。

"明天长毛要到我们村里来了。明天长毛要到我们村里来了。……"

阿庆大麻皮有点茫然，怎么一回事？好没清头又开着了这个风讯，要是长毛有心来，早就该来了，也不会挨到年三十夜。他妈的！

前面尽是黑暗，虽远处有人声浮动，阿庆大麻皮穿过一条小弄，来到中堂前；天井里黑的一堆堆柴把，干叶萧萧地悲鸣着。树贤家的狗，逐着他足跟叫。两旁的住屋有寒光从破壁间射出，如在警告行人。

看去尚书车门下已经有人头带着人声在浮动了。阿庆大麻皮加紧了足步，向前踱去。两手袖在袖里，烟管挟在腋下，头颈缩着，身体微向前倾，影子似的移动。

狗还是咬住他的足跟似的叫。

有坐在中门的三尺高的高地伏上的，有依靠在石鼓上的，有手挡住屋仝立着的，……阿庆大麻皮凑上去靠在左面一只石狮子臀部上。

如沸的议论，寻不出一个结论与顶点来。

"是谁说的，长毛明天来？"

"要没有这话，怎么会敲起锣来——尤其是在这样的静夜里。"

"有终有的，无风不起浪……"

"赵老狗不是一边敲着一边在喊着吗？"

"他怎么知道，奇怪。人家都不知道他怎么知道。"

"莫不是见鬼了……"

"待他敲过来问他一下子再说。……"

王烂泥，方老大，享伯伯，一声大树……村上几个英雄都站齐了。他们都抱着满腔的疑惑，对于这不明不白的消息的流布，简直有点觉得愤怒。

老五洞站在右边门的石凳上，手中提着一管牛皮灯笼，淡黄的灯光，平匀地散满一车门，如在竭力地撑住这光明的残局。

"喂，三先生来了！"老五洞纳着气似的作声报告，

音调的低微，如同他手中的灯光的淡漠。然而已经使站
在车门中间里的这几位英雄，能够听到，而肃然地都敛
着正容了。

三先生从中堂那面走来，前导是二个土号叫做张龙
赵虎的，一个提着纱灯，一个捧着手炉。三先生自己缩
着手，拖着大步走。

尚书车门下更其沉默了，而山后山前的锣声却还依
然如故。接着履声与咳声冲入到王烂泥等的耳管里来；
心头受了一阵压迫，有点急跳而且气喘。在黯淡的灯光
下，王烂泥等都面面相觑；这时连锣声喊声也不在王烂
泥等的心中了。只有阿庆大麻皮老贵叔却还能装着大意
的咳嗽。

同时，锣声也敲得更劲了，喊声也喊得更响了。大
概赵老狗已经敲到小台车门了吧。水上的流响，如同
波浪澎湃似的，也更洪亮。古溪口树艰难地摇动它的
老影。

"什么事了？"三先生已走到车门下，两眼闪闪发光
颇有精神；大概鸦片刚有几口吸下过了。

一盏纱灯笼的光明，几把老五洞牛皮灯笼的位置找
不出来。每个人脸上都照出有一点惨白。

赵虎递过手炉，三先生接了，向各人面上打量一下。

"三！"阿庆大麻皮，以叔翁长辈资格开始回答，"这是笑话，赵老狗说明天长毛要到我们村里来了。"

"嗳！长毛……说来了！"

"嗳，长长说来……明天……"

"嗳！……明天……"

阿庆大麻皮一回答后，每个人似乎都在歙着嘴唇想接上去说，但都只含混地嚼出几个字音。

锣声已经像是疯狂的了，喊声而且变成哑塞。

"止住！"三先生发了一个口令。张龙等便传出话去："止住！"——"止住！"——"止住！"——

"赵老狗！止住呀！"老五洞找着了一个说话的机会凑上去说，"三先生，要问你话呀！"同时，"止住！止住！"这样的声音如边炮似的接续说出。

在微淡的光照下，老狗立下来。胸部起伏的度数，如同电船的喷气。右手拿着一只破草鞋里的石头，左手挈住铜锣。上身穿一件破棉褂，下身穿着一件单裤，裤脚用几条稻草高束在膝盖下。鸡皮皱的一付黑脸下，长着一下巴胡须。

"老狗，我问你，你这个消息哪里听来的，长毛要到我们地方来？"三先生很从容地问。"你不要妖言惑众呀！"

"三三三先先生！"老狗枯塞的喉音，兼之以气急："我我我到到大桥去担担米米听来来的。"

老狗是今天早晨动身到大桥去的，在漫漫的六十里的长途上，斗着凛冽的北风，走到了大桥。大桥的市面已经如冬残的草木一样地衰败了，虽则几家米店咸货店还一如平时般把牌门起放，而店伙的懒懒的神态与惊恐的眼光，却表现着他们不愿买卖的真意。

"你们哪里？"店伙懒懒地问老狗，"挑一担米干吗？"店伙以为去供给长毛的。

"我们连山，米不容易打到呀！"

"你们连山，明天长毛要进里山了呢？"店伙用着极低的声音说。

"什么？"老狗知道这是一件大祸水来了。"进里山去。"

"说是要将不曾进贡几村一剿为平地呢。"

"那么先生，对不起，我不再打你的米了。"

老狗返身就跑，两只足如已没有感觉，只知左足跨过右足，右足跨过左足，交换地机械地推进。立意要在今晚赶回家中。

人在急速的行动中，思想也迟钝了。老狗在途中本来主张先行通报三先生，叫三先生再吩咐地保去敲锣通知的。但种种问题接着又起来。逃到哪里去？……如何逃法呀？一斗破絮应如何处置？……女人家最讨厌，不会跑路！……不要遭了白手。最要紧为三先生搬东西……诸如此类的没有系统的思想，占去了他思想的全部。从长焰打起灯一口气跑到村头，却竟连思想都没有了，只知向自己的家里奔。

如同受了创的野猪，在妻女不曾戒备中，突然把门掀开，闯进了厨下，移来一把短梯，爬到暗楼里，取出一面破铜锣，便开始响响亮亮敲去。于是他清醒了，他直着喉头叫："明天长毛要到我们村里了！明天长毛要到我们村里了！……"

"笑话，哪有这种事。"三先生开始有点愤愤然，"打草惊蛇地轰动了一村，你这变种，道听途说，又没有实凭实据，怎么可以相信。"

"笑话。"王烂泥也急忙插说一句。

"你这屌头。"方老大也仗着胆骂了。

"你要知道这事是非同小可的呀！"三先生又继续下

去说。两眼的光如二条金龙直喷老狗面上而来。这时锣声早已止了，狗声也只有零星地叫着。在夜的沉重严肃的空气中，只有三先生的语声特别有力："全村给你惊扰了罪还小……"

"三先生……"老狗说话稍稍顺一点了，"这是认真有的事呀！"

"你还说认真，哼！"三先生的两条眼龙，直奔老狗头上；两盏探海灯一般，照澈了老狗头上几根头发。"呸！放你的狗屁。钟风德，还刚在前一个月我的地方吃了二管鸦片去。他声声口口为长毛辩白，说断然不来攻打我村的，难道这话还不可信吗？"

"嗳！三先生！钟风德是走通长毛的，他说不来，正是要来呀！"老狗还要固执着己意说。

"哈哈！呵呵！"王烂泥等勉强假装出笑声，以打破这三先生与老狗对淡的局势。一方面表示拥护三先生的意见，笑老狗的愚惫，而显见自己确比老狗聪明。

"那么你说长毛来，不就是长毛不来吗？"老五洞根据老狗说话的公式，作他逻辑的方法。他又把牛皮灯笼提高到额间，循着暗淡的灯光，向老狗身上看去。

三先生做一会沉思。众人的眼光在他们二人之间窜流。

"那么，我知道了，你莫非弄水浒有鱼捕，把谣言吓跑了人们，自己就得掳钱了。好，把他绑起来。"三先生命令一下，老狗就在张龙赵虎的手中了。"如其明天没有长毛来，准定把他杀头。"

三先生去了。阿庆大麻皮开始向后来麇集拢来的老少男女解释；老贵叔挥着烟管叫他们归去。

"赵老狗，想抢钱，空造谣言呀！"

"赵老狗走通长毛呀！"

"赵老狗完全是变种呀！……"

差不多每个人要向赵老狗丢一块石头；阿庆大麻皮主张把赵老狗在旗杆脚下吊过一夜。一声大树反对这种科罚。

"那么明天，认真来了，吊你。……"一声大树颇同情于老狗的报告。

赵老狗真不知自己会落在这样的运命里，再也不会起一点反抗了。对于这严厉的秋风的袭来，寒蝉也只好噤声了。然事实的表现，终将如黎明东方，逐渐逐渐会被判白的；一夕的欺凌也何妨忍耐。赵老狗想到这里，又不觉为这一班人暗笑。

老五洞，已经把牛皮灯笼拱在手里。尚书车门顿分成上暗下明的局势。每个人的头上都罩住黑暗，而每个人的足上却有点光明。

最后的议决是把老狗关在祠堂里，叫堕民和木看守去。而各个人便也带着黑暗归家了。

二

悲哀的消息带着秋风一阵阵传来，三先生希望王师勘定长毛的希望之花，一瓣瓣地都在这凄厉的秋风之中凋残了。翘首北望，只是些乱云翻空，光明的天日消逝在黑暗的势力之下。什么的痛苦也没有像现在三先生那么的重大了。

一会说武昌已经陷落，一会说南京又已失守，而现在浙江又不可保，虽则都是传闻之谈，三先生在做梦的时候还能明白地否认；但纷至沓来的消息，竟一天一天地多起来；即是认真是虚阁蜃楼也将要认为是王宫的了，何况是无可讳言的事实呢！

三先生虽不曾为大清国报效过什么微劳，但一领青衿，已觉是此恩不少。又安能把这皇帝的大事置之度外呢。

在历史上知道文天祥是怎样死国，史可法是怎样殉难，现在大清国虽还不致灭亡，然而半壁江山残局难支，存着孤臣志士之心的三先生，固无怪其涕泣糜既了。

在剡城陷落的一日，三先生于悲愤怆痛之余，很想唤起草野小民，一齐起来去救援，借成其"勤王"的大事业。但一面又甚想把自己仰药而死，以示不臣长毛，聊以报答天皇的圣明。所以也一迟再迟地把时光耽误过了。

一天的早晨，后山竹梢的鸣风还不曾把三先生从鸦片眠床中催起，而赵虎便匆促地来报告了。

三先生知道原来是他不共戴天的仇人们来了，心中的懊恼如同东海的怒浪，再也抑压不住；恨不能手持铁锥，把这仇人们一个个击杀——唉！真是我悔死国也晚。而今却不能不忍辱一时去跟他们周旋。

大概太阳还不曾十分正中的临午，在下大山脚显露出了几管大旗。一般乡民并不觉得这些旗带有甚何危险的意义；只在他们的心灵中唤起了好像出会一般的好玩的意识。王烂泥，一声大树，方老大，都一起竖拢来在尚书车门下穿远地眺望。

人也并不多，一簇簇的黑影移动着，可以数出只有十一众。这显然是表示不与乡民来为难的了。

旌旗的影在空中一点点地扩大起来，浪卷似的一翻一折的飘动也可以明白地看出；一个个头上包着的红布，如同吴江的枫叶，确是非常可观的一点。

阿庆大麻皮和张龙赵虎和木这一辈子人，却只忙着在新祠堂里设施供应，再也没有闲情别致，来观赏这种难得际遇的大队的行动。

继而有胡筒的声音起来了。在这群山如城一般的地方；虽则胡筒的声音吹得不十分重；但是已经如听到雷震一样足以使人震惊了。它的声音自下大山起绕过了瓦屋岭西开口岩后畈山石楼山……而再至下大山团团的一周重复一周地绕着；而胡筒声却又继续不断地一声重复一声地吹着……于是虽则是单调的直音的声响，也变成一组复杂高低，重叠自然很可倾听的音乐了。

这种庄严的表示，确使乡民起了一层尊敬的心理。

这十一个人已行至西园外了。于是又发现了他们每个人都负着长枪。前面一管大旂，在飘动卷翻中可以认出是写着太平天国几个字样。

阿庆大麻皮这时和老贵叔，总算代表三先生，在水锥坑的一株绝大的溪口树下，躲避太阳光的照射沉默地站着等。

他们俩，虽则或许是进过考场，但青一衿领尚未得到，当然不能戴有"水晶顶子"的红缨帽；只好把盛暑之时请龙祈雨族长房长戴的"藤盘帽"像倒覆芋叶似的戴着。他们的身是上穿着纪老的玄色土布的外套。

看看相差已经不远了，阿庆大麻皮手里的香开始颤抖起来；老贵叔移过嘴巴向阿贵大麻皮的耳边接触一下；他们俩于是各自移动着两足，对着在空中翻影的太平天国的旗帜，屈下膝去，屈下膝去……啊！终于跪着了。

这如游龙一般刀光，这如明星一般的枪影……一阵阵地胡筒吹着，一片片地旗旌翻着……在一声大树一般旁观人等，固然只能感到一种宏壮威严的意味在胸中激起了一阵英雄的热血，巴望自己也能做一个此中的人物；然而在当事者阿庆大麻皮老贵叔却完全被这威严征服，纳着必不能免的一口口呼吸着的气息再也不敢抬头斜视了。

已经行至面前，领前的是阿庆大麻皮所认识的埠头人叫做钟风德。

"起来！不用这样跪着了。"钟风德淡然地说，带着玩视与骄傲的音调。

阿庆大麻皮在𪩘𫝿中认辨了这似曾相识的声音，

仰头一看，便低头深深佩服着钟风德能够见机而作了。——是何等光荣哟！是何等的光荣哟！

阿庆大麻皮老贵叔都还不曾站起，一则他们以为钟风德的话究竟算不来准，二则一行人还不曾行过。所以还是最后的一个队长，叫一声，起，他们才如响斯应地起来。

并不是整齐一律地穿着军衣，但都短衣打着绑腿。队长比较穿得阔绰一点，而又并不执枪，背上交叉着两把"扑头刀"，殷红的布扎着的刀柄上垂下二穹红缨。

在新祠堂下坐下，茶果之余，队长问起了在这一村里谁是一个出头出脑的人物。

"因为大清国已经将要覆没。"队长接下去说："我们的天王在南京登了龙位。满洲人是气数断了。我有要紧的话，要对你们头脑人说。"

钟风德是知道的，大堰村的惟一的首领除三先生外没有别一个了。但他却斜白着眼，懒洋洋地看着阿庆大麻皮、老贵叔到底说些什么。同时又嬉皮笑脸一笑问："谁呀，是谁？"

"三……先生。大人。"阿庆大麻皮虽则自己的年纪也颇有可观了，不能不算是个"大人"；然而现在总觉得非常的渺小，说上了这一句话。

　　同时三先生已有人暗地通报，只穿上一件马褂，并不着天青缎外套，戴红缨帽，以示不臣之意，施施然走来。

　　三先生一途筹划着见面时应如何行礼。他虽不曾见过皇上，却曾经见过知县老爷。见知县老爷的时候，他是知道必定要戴红缨帽穿外套的；而且见面了，要跪下去行礼，知县老爷当然也对面跪下来还礼。这时候最要注意的就是把头子斜过一边不要把知县老爷的红缨帽上的顶子碰着，要不然，其罪便非同小可。然而现在呢，我将行什么礼。他们都是草头王呀！

　　一想到这里，三先生又觉得愧死，但也无可奈何。总之三先生此心不死，勤王之事总有一天会做。

　　三先生到了祠堂门外，心头的烦乱与焦燥，直如路下小溪间的流泉，一声声暗自叫苦。但接着也便心头一决放怀一切，毅然进去，招呼朋友一样地用通俗的见面礼，倒引得钟风德暗暗称赞他的举动文明。

　　三先生坐定后，他那一付苍老的面孔，俨然表示着不可犯的气概。钟风德暗度眼光窥看时，颇感到心头有点颤动；有时他那深陷而尖锐的眼光，到落钟风德的身上，钟风德便觉得筋肉间一阵收缩，冷水滚过了腰脊。

通过了二分钟沉默，钟风德便凑上去说："三先生。"

"哦。"三先生懒懒地答应。

"我因为他们不认识路……他们叫我陪着来的。"钟风德有点卸责的意思；队长知道他是本地人，也任他这么说去。

"哦！你就是埠头人钟风德。"三先生继之以琅然一笑，完全带着轻慢的态度。但接着满脸又堆下沉默。

"这位先生。"队长粗率地说了，"我们已经奉天王的命，打不了剡城。现在你们都是我们的百姓了。我们并不来难为你们，只要你们能顺从。"

"你是头脑人，所以我特别对你声明：要是你们想什么兴妖作怪，以我们天王的神圣，以我们天王的兵力，不难将你们村里一剿为平地。"

"但是要怎么可以表示你们臣服的意思呢？这就是今年年夜时，要你们来进贡。如其你们忘了这件事，便是你们表示不臣服的意思。那么也无须我说了。……"

三先生心中的怒火直蹿，恨不得一声喊打，将这十几个红巾盗一个个缚鸡似的捉住。但是三先生想到古书上说过小不忍则乱大谋，便也忍耐一会儿堆下苦笑应一声是。

时间悄悄地在人们不留意中跑过了。山间的太阳似乎更容易过去；村中惟一的高崇的新祠堂的屋顶上还留着半面余光；一切的村屋都陷落在阴暗里，如同沉沉欲睡的人一般，静静矗立着。继而这余光又很快的移过了屋顶涉过了潺缓的水面，偷渡了荒索的细田畈，掩没了后畈村的村屋，爬上了后畈山，终至于在这全个的山城里普遍地弥漫着灰色的阴影了。

在这一晚，这十一个人都睡在新祠堂里。

次早，他们整一整队，长枪短刀，胡筒，大旗，在村中各条弄堂上游行一周，说是镇压妖魔，消除宅灾，便叫阿庆大麻皮等备着轿趁阳光朦胧山雾迷漫未散之时去了。

只有钟风德没有轿，反给阿庆大麻皮抢白了一顿："什么地方去雇轿呢！你也想坐！"

三

"现在是什么时候了，你们想呀！"

"雷已经响过了十多通了，斜风斜雨的时候是要来了，你们还打着瞌睡吗。"

"本来已经够可耻了，我们是大清皇帝的百姓，我们理应要如何为大清皇帝宣死效劳。要知君父之仇不共戴天，现在我们大清皇帝，被长毛连陷数地，已经蒙了莫大之耻；我们做百姓应如何努力杀贼；但是现在连我们本县的剡城都陷了，都没有人去救，唉唉！我的心是痛得要死了！……"

飞瀑喷泉似的三先生的演说，使一屋子掀动着的头都呆呆地怔住了。譬如王烂泥，他是只知道三先生要应该尊敬的，和父母一样地尊敬，或许还要过分一点。但不晓得大清皇帝的仇，王烂泥竟也理应不共戴天。至于老五洞因为曾欠了几个钱的皇粮，被差人吊了去，只知道这是他一生之中一桩莫大的耻辱与怨仇，曾经自誓不报此仇断不是人爹人妈生，现在深深知道在这个私仇以外还有一个公仇。……

这是暮秋的时候，满山的黄叶，如同天女散下来的花朵，在半空中作旋风舞，冉冉而下。在西园下的一座古庙外的空中，黄叶更其繁多。因为这庙屋邻近于团城似的山屏将封锁住的要塞口；而庙后就是一座最巍崇的诗谷屏山；立在庙门外仰头一望，诗谷屏的高峰就如压在头上。庙脚一潭清水沿村一带的脉脉的溪水，都汇集在这里。庙左有二百多年似的古溪口树，劲遒的枝，伸张在寥汍的空中；英勃的气概，如同欲抓住白云作餐。每当落日西归，树影屋影都向左斜倒在这碧清的潭里；仁立在路上下瞰，宛疑是海上蜃楼。其中必是娇贵的皇子或公主居住，恨不得奋身下跃，一探究竟；其幻美幽丽，直烧沸了吾人生命的顶点。

三先生们这一天就在古庙里开会议。

在这庙的脉下，差不多相距五里的岭下，隔着一条盈盈衣带水的隔水，深藏在南考夽内的王家这几个小村。至于这对村后畈，虽则是姓董的不会族，但住得切近的鸡犬之声相闻，多少终有点休戚相关。

在这庙脉下的子孙里三先生仍旧无法避免为首领的资格；后畈村，则要推董瓜先生。

谣传非常的繁盛，如同夏晚山间的火萤，触目都见到他的闪烁。三先生鸦片间里竟做了谍报的电话室。董瓜先生曾经也为此事跑过来商量一次；至于岭下的棋盘，南考夽的秤杆，隔水的叶伞，却更是仆仆难数，竟弄得每村里每个的妇人都面带了一片青苍的秋色；古溪口树下的浣石，少有杵砧之声。孩子们都不知所以都被禁在家牢里，母亲姐姐，便是他们的狱卒；村上几个壮

顶，田头工作虽还依旧，然而鸦鹊噪林之时，他们也早
负锄归来了。

"这么过去，虚惊倒受不了。"董瓜先生于吸完一口
鸦片后便这么无意似的说。

"这事到底怎么办呢，老瓜？"三先生接过来烟管，
挑了一块大土，便向灯上去煨。眼直对火头的上蹿。
"怎么办呢？"口中又无意地溜出了这一句。

"办民团呀！"董瓜先生迟疑一会儿后，终于从脑子
里找出这一句早已预备好了的话："各村联合起来，办
民团呀！"

三先生立时认可这一桩提议，再加上三口鸦片的力
量，竟同在黑暗里过了一夜的小雀见到黎明的微光便轰
然欢呼起来一样。

"你们要知道，我们是大清皇帝的百姓呀！"三先生
在这一天庙会里，仍旧继续他洋洋万言的开会词，"你
们要知皇皇天恩，多少厚大；我们不为之报答亦可谓辱
矣！而今竟臣奴长毛，天啊！怎么还使我生在世上含垢
忍辱呢。……"

"但现在一切也不必说了。"三先生的情感与语锋，
如狂飙初退一般稍稍和缓些下来，"我们不言忠君，

自己的身家终也当爱惜呀！而今呢，长毛朝言来攻，晚言来攻，你们想，寒心不寒心呀！古人说：应未雨而绸缪，毋临渴而掘井，这二句话，你们或许不知道，我在古书里是读到过的。是什么意思呢，这就是说，没有落雨的时候，你要预先筹算好，把帐篷搭起来，像做'灯头'一样的，天井中先幔了布帐，那么看戏的人方才不会淋雨了。毋临渴而掘井呢，就是说，勿要待口里干燥了而再用锄头去掘井寻水喝。这二句话，你们懂不懂呀！……"

三先生说到这里，竟把以下要说的话忘记了。因为他自己是站在老师的地位，讲解书义了。只得唾涎一咽，全多话咽下在肚里。

一声大树抡起手来。

"什么怕，十个人够了，横山一守，看他们走得进来。他妈的，老虎口中来撩牙！"一声大树不禁放肆地说起来。接着享伯伯方老大都掀起了英雄的感情。

"他妈的。横山那儿，守着，他们来一个我便拿起石头往下扔去，扔他一个死。"

"石炭最好，满天飞下去，叫他们眼睛个个入瞎。"

"把横山的竹斩倒向他们当长枪捅去好了。"

"弄他妈。要这么起劲，守在横山，一口唾涎，也要使他们退避百里。……"

"喂，我想……"

只听见一屋子轰动的人声，却不知道这些话是谁说的，大概总是这些村上的英雄，但最后一句却是老五洞说的。因为话声突然停止了，所以老五洞也不把他的想头说下去。他是想："他妈的，当他们爬上横山岭来的时候，只要协同几个人伸出乌头撒尿，包管他们成了落汤鸡似的逃回去。废什么气力。……"然而没有说出。

一屋子里的人数要占到百来个，立着的，靠着的，坐在石凳上的，背着屋柱吸着旱烟的，坐在石阶上的……而三先生却立在拜佛凳上。

"不要噪！不要噪！"董瓜先生靠立在神桌前，不过没有立上拜佛凳和三先生比肩："三先生还要说。"

"所以——"三先生一开口，人声就停止了："所以，我们就要起来，联合起来。我们要组织民团。凡是岭下南考峇隔水后畈大堰的几村里的壮丁，都是团丁。都要一闻号声，就拿着龙刀、棒叉，出来。没有龙刀棒叉的，锄头也好！铁耙也好！斧头也好！……至于团费，本来也没有什么。不过要值夜，要每天几个人去放哨，把守横山，霸守道堂庵，那便不得出工钱，那么自然要些经费。依我主见是每丁捐二角，叫做人丁捐，这四五村里也有四五千人，自然二四得八百，也够用了。……即使欠，就是我来填。……"

三先生跳下拜佛凳。董瓜先生便即跳上，拜佛凳大概就是他们的演说台了。

这个时候，人声又鼎沸起来。隐隐地可以听到"为什么不捐一点股实捐或是田亩捐呀"的话。坐在穴洞门的阶石上的老五洞只是吸着老烟，淡黄色的眼光不住向立在他面前二尺远的庙头嫂和她的十七八岁的女儿阿花放冷箭。

"为什么长毛要来呀！"阿花带着惊惶的声音向她母亲问。同时漆黑的眼光飘过老五洞的头顶向中堂度去。

"我哪里知道。"庙头嫂把二只玉手插在夹背褡下，昂着头看董瓜先生讲话。

"怎么长毛要来。人家说是阿庆大麻皮不好。长毛里有个埠头人，去的时候阿庆大麻皮不曾讨轿给他坐，他生了气，便向大王地方翻石头。说还不如先落手为长，把这一村剿为平地后，方才安心。……"老五洞在回答阿花的问。

阿花哧地一笑！好像这是她处女应有的礼节，无论你话说得滑稽与否，总以一笑报之。

反着手背靠在穴洞门墙角的王烂泥虽则样子像在听董瓜先生的话，但实在只听到老五洞的话。

"哪里，"还转身就向老五洞驳斥，"并不是为这个缘故。长毛要来，因为那天他们十一个人，吃了三先生家的青油豆腐，返城以后每个人肚子都动作起来，真要命，险些儿死去。他们于是知道我们这一村人真刁钻无礼，莫非存心要收拾他们性命；这完全是不肯投降他们的表示，要为大清皇帝报仇，所以他们要兴起大兵来，把我们一村一村剿为平地，杀得鸡犬不留，寸草不存，方才甘心。其实，他们这些人只要我一手尿，都打得他们落花流水。……"

这一回阿花却不曾笑，因为老五洞的话有点秽亵，显然冒渎了她处女的神圣，所以幡然装着不曾听到似的只是翘着她的粉项向董瓜先生看去。

"这个事情要有头脑人呀！"董瓜先生大概以前也说了一套理论，现在又提出办法来了："我想以三先生为团头好不好？"因为这个时候，赞成两字还未通行，董瓜先生，所以只说"好不好"。

"好！"——"很好"——"最好没有了。"群众吆喝着，但不曾跳起来或把毡帽向空中丢去。而三先生却装作没有听到似的在神座前踏方步了。

"当然。"岭下的代表棋盘三脚猫接上来说："不是三先生还有什么人。不过像你们后畈，路差得远了，另成一村，怎么办？"

"那么我想，"秤杆红脚骨袖着手走拢，为想把自己的话使董瓜先生容易听到，"后畈另设一个团脚，由董瓜先生去干。"

"那么南考岙也要另设一个团脚，由秤杆哥去干。"棋盘三脚猫便立即把顺风船撑了一篙。

"那么岭下由棋盘哥当团脚。"董瓜先生也推荐一下。

"慢慢。"三先生在方步中得到了绝好的策略："我现在派好了。我既然被你们推为团头，我也承认。至于团脚这个名字不雅，还是称作团手。……"

"是呀！"一声大树们立即喊了出来："毕竟是读书人。"这句话说得很低。

"现在我派董瓜先生为后畈团手，秤杆哥为南岙考团手，棋盘哥为岭下团手，叶伞哥为隔水团手。此外阿庆麻皮叔为下宅团手，赵老狗为里宅团手，飞兔为街头团手。

一个团手所管的团丁数目，至少要在二十人以上。……"

阿庆大麻皮，今天不曾说一句话，因为他只是想那一天招接长毛这一回事。——啊！依三先生话说来，我真是可耻呀！我那天竟去向他们跪着呢！唉！此仇必报，此仇必报！……现在突然被任为团手，顿觉精神发旺起来，而今英雄有用武之地了。他便想如何去磨他的龙刀。如何去驾驭一声大树，老方大，享伯伯如何去打裹腿。……

"那么如何去做个记号呢？这是团手，那是团丁。"阿庆大麻皮便提了一个重大的议案。他以为做团头就要戴雉鸡毛，做团丁总要戴红胡须。

"那我想，"董瓜先生因为是切身问题，所以也未答复这个议案，"我们做团手的穿黑布外套，戴藤盘帽。三先生则穿天青缎外套戴金顶子红缨帽。……"

"这是小节。"三先生因为还要派人，即截住说："老贵叔做外账房，收钱，如何？……"

"好！"——"好！"

"还有，定大后天祭旗，如何？……"

"好！"——"好！"

在这次会议后第二天的中午，在龟头桥那方面，开始听到一阵锣鼓之声；因为两山夹峙，这个声音竟若有若无若断若续的；使人几疑是在梦中听到了天衢的音乐。继而在龟头嘴显现出了一管红大旗写着棋盘二字，中间一座船鼓；鼓手们敲着骑马调。前前后后拥着二十多个人，那一齐穿着草鞋背着厚棉袄，头上缠着一块白布，肩上背着把雪亮的龙刀或稻叉，都一齐扎着红布，为首的戴着藤盘帽，穿着布外套，在大旗飞飘之下施施然走着。两旁是二个扮刽子手模样的人，背上横着扑头刀。这时，船鼓的声，已经响震天地了。接着在那南考岙岭上也发现了一队人马，一样的刀枪大旗俱全，不过没有船鼓，从山岭上蜿蜒而下，如同一条绝大的百足虫，满山的树叶啸啸而鸣，如代为他们呐喊，壮他们的行色。

棋盘一队已由街头行至隔水，接着隔水村的鼓声锣声也哄天喧地的起来。霎时间，拥出了一座一柱香，率领前导，随后是长枪短刀的团丁。大旗飘在后面，只写上一个叶字。争先恐后的上了前，棋盘一队只好在后面衔接着去。

在山道上秤杆的一队，这时便疯跑而下，大声地呐喊着；风在他们的旗上刮，呼呼的如同下山的猛虎，轰天的怒涛；但一个不小心，大旗躺住了一株树摇下了满头枫叶，喊声更起得雄壮了。

秤杆头上的縢盘帽，几簇红缨，马鬃一样的耸动。这身从不曾穿过的黑布外套向左右分飞，如同一只红头鹭鸟，张着二只大翼从天上飞下；前面一个个的团丁，可以仿之于被逐的小鸭。

终于这三队衔接地走向隔水祠堂去了。这时候，尚书车门的锣鼓响起，第一行是楼架，一具具蜡铸的楼架，雪亮在空中照耀，有的是大钺，有的是笔拳，有的是盘龙枪，……行会似的拥着。

最前是一管大旗，写着团头王；后面分作三段，领着三管小旗。每段有二十来个负刀背枪的壮士；最后一队是乐船，一队是旗队；各种各色的旗，在空中缤纷斑斓地闪烁，红绿蓝黄地飘动，如天上的长虹，在随风飘荡。长形的蜈蚣旗，中间写着国泰平安、风调雨顺诸种的字样。有的其间青绒已落，模糊地认不出是什么字来。

沿途的孩子，沿途的妇女，只见到芝麻似是头，松松而动的黑发；如其再仔细地认去，又可以在这一带的空间，还浮漾着一粒粒的星，这就是她们的黑眼睛了。此外则青布蓝衣裳，一体的，海一样地分不出个别的身段。

从白车门的横路冲过，行动缓慢，押着锣声鼓声的步调；三先生坐在一顶爬山虎里，端正正地穿着前面一方方幅的天青缎的外套，戴着青缎金顶的红缨帽，在一大队的后面随着。

棋盘的一队，叶伞的一队，秤杆的一队，都在隔水祠堂外一株樟树下站等着了。浓密的樟叶终生保守着它的苍绿。枝丫远伸处，便结成了一丛黑荫。树脚下因为终古照不到阳光，使丛生着藓苔，虽则是秋冬的萧瑟的天气，除田中豆叶还留些春色外，什么都是萧瑟的秋冬撕残的爪痕了。而这里的藓苔，却还依然苍绿。

骑马调依然地敲着，似在应和这总队的乐声。而总队里这时却弄着丝竹之声了，是《梅花三落》；确是在山乡间最名贵的曲调了。而叶伞的一队的一炷香，这时则吹着摇船五更以相应和。

总队在隔水祠堂的横路上接了头，便横向管头大路蜿蜒过去。到了后畈村前，永福庵横路上又扎起一管董字的旗号，插入在第二大队。董瓜先生也坐在一顶轿里。

旗坛设在四面皆田的沙墩头上。这时早有人在陈设牺牲茶果之类。

这四五队人马，都十分的骁勇威严，沿着官头大路走去，蜿蜒到道堂庵，折向大堰靠着下大山脚，窜过古庙前面至西园而至水坛坑而至杏树脚，再折向后畈，行过大堤，到了沙墩头。

各队的乐手，各奏着他们的曲调。只有这许多管旗却都似清明时节墓顶的招魂幡，很齐整地插在沙墩上。

三先生出了轿，董瓜先生早站着等了。叶伞，棋盘，秤杆都走了拢来。赵老狗，飞兔，阿庆大麻皮却还站在总队上不动。而尤其是阿庆大麻皮，觉得昔日的受辱，今天便得趾高气扬地骄傲一会子了。

"来呀！来呀！你们也是团手呀！"棋盘三脚猫招呼着，"你们不是团丁呀！为什么也要像钉子似的钉着。"

三个人一齐奔来，后面跟着三个旗手。

"也去像我们一样地插着。"秤杆红脚骨指挥着旗手说。

董瓜提议把总队的旗队分向沙墩头的左右两边站起来，以壮威严。即刻得到了三先生首肯，施行。

同时三先生又拿出拟好的誓师词，并各队的分地扼守的职责表。

于是鼓乐更响了，三先生礼进礼退地跪拜着。读罢了誓词，一把火向天焚去，再用酒向旗上泼着。董瓜先生等跟在后面陪祭。

西北风霍然从诗谷屏山上吹下，大旗险些儿吹倒。尚幸赵虎手快，跑过去把它挡住。

全个的山城里鼎沸着，乐声，人声，呼唤声，以及风声……甚至于一声大树等，不，全民众的英雄的心血，也一样地鼎沸着……而斜西的太阳却还静静地瞧着。

祭旗终了以后，各队都分要扼守；就是这沙墩头，做了敲梆所，由阿庆大麻皮负责扼守。南口由岭下一队扼守，北口由后畈一队扼守。南考岙，守住山登一条路。叶伞一队放哨，赵老狗守卫三先生的宫室。飞兔在村中巡逻。在这种万分紧张的守备中，每个人的魂梦，都如放在冰窖里，受不住寒冷的煎迫，时时从抵御不住中惊醒来。

但毕竟待来竟不来。阿庆大麻皮从不曾击过绑子，董瓜先生便擅命叫团丁回家休息，至于棋盘三脚猫一队，秤杆红脚骨一队，有没有执行过职务，还是个问题。

三先生睡在鸦片眠床上，赵老狗有时还在凛厉秋风中对着冷月守门。

四

三先生所以要把赵老狗关起来，这其中的原委很难说。大概一者报仇时期已经过去，甚至于明明通长毛如钟风德者，亦不时与三先生礼尚往来，三先生的大土，至少也有三两让钟风德吃去。赵老狗这个通报，无异重提起他伤心往事，触动起他怒火。二者三先生对于团费的报销，并没有明白地张示，虽则办上半个月民团，终久也费了不少的钱；但三先生即使填多少，只要对人说一句，不用说张示，也可以内心无愧。后来，三先生为了这件事，曾费去他吸几管鸦片的工夫，终因为没人提起，便也算了过去；老狗此时的报告，三先生深疑他们有含着打草惊蛇的暗示意义。至于阿庆大麻皮以下而至于执牛皮灯笼的五老洞，也因前次受了谣言的虚警，终于白耽了几天夜，一肚子的乌烟瘴气，正寻不到放出的机会，今晚赵老狗又无风起浪的闹起鬼戏，便不免移花接木，将一肚子的乌烟瘴气，轻轻地罩在赵老狗的头上。赵老狗真是该顶晦气。

赵老狗关在新祠堂左边的阁楼下。

在阁楼下仅仅是关，并不曾严厉的绑缚。这也是赵老狗深有画地为牢之风。前面有一座一丈阔三丈长的小天井，天井中有一座石板砌成的花坛，上面植着经年不凋的天竹。西北风从瓦檐上打下，尽在这天井中旋转；软弱的天竹，都娇弱无力地经不起吹动，纷纷地向四面上下起伏地摇颤着，宛如原民的脑子中装满着的奇异的山魈的长发，表现着一种黑暗的恐怖的优美。

黑夜真如同一条硕大的长蛇，满肚子装着幽冥奇迹，不胜其力似的蜿蜒着。似乎因为它身躯太伟大的缘故，骨节间的伸缩，感到非常的困难。每一转动，便要透出他一口长气。——只是黑暗接续着黑暗，并不曾看到它移动一点，又怎能望到光明的美尾。

赵老狗一夜的不安；终于将过去了。在一堆稻草上蒙眬睡去。

隐隐地又似乎听到有胡筒声，赵老狗立即跳起来，天竹的叶顶上荡漾着淡白的晨曦，急忙拔关跳出到祠堂门外。

东方的山上横着二条暗云，上下相距之间透出一线光明；全山间笼罩着一层薄薄的云翳，如同坐在明角作窗的室中，不免有点阴凄的味感。

下大山脚过去，隐隐地有一管灯如飞的过来。胡筒声却不曾听到！赵老狗大概被梦中的意识欺骗了。

赵老狗踱向水碓坑去，在大树下的石凳上鹄坐着，也不曾念着过往的浮生，也不曾数着将来的运命；只是一腔悠然，与这晨景混合：赵老狗有点入于无我之境了。

然而，赵老狗恍惚又似乎有所遗失，直待到他的面前灯光发现了，他才回忆到他刚才为什么要移身来到这儿来坐着的原因。

"啊！老狗哥！"

"怎么了。"

"长毛已经到道堂庵下了。"这是横山庵管竹山的老老阿木，他特地争过长毛先走一步，来报给三先生知道的。

赵老狗立即就到新祠堂又取出他的破碎的铜锣，从下宅一直敲到街头。什么人都惊起了。

这一次是证实了，每个人都这么想。而尤其是妇女们好像热锅上的蚂蚁，只是干着急。——还是关在房门藏在家里好呢？还是打了一个衣包逃向外面去好呢？要是打衣包，这就够费踌躇，做新娘时的花袄似乎也应该打进，纪老衣也不应该留下在家，脚纱至少总该预备几付；棉背褡如何处置，梳头镜箱是否要带，还是只带几管梳去。……走到了厨下，想到房里的东西应该整一整；走到了房里，想到厨下的东西应该向阴沟里藏一些过……没法，还只是在屋子里像蝴蝶一般打舞旋。

至于穷得如洗的妻女，她们所怕的是自己一身的贞节；但虽则失节事大的古人明训，或许也会在一声大树之类的口中说出，而像一声大树的老婆之类的妇女，却也一壁怀着恐惧一壁怀着欢喜；在她们的脑子里，此时正翻腾着强盗抢亲的古剧；她们每每看到平民的妇女被大王抢去做了压寨夫人，她们总禁不住笑眯着眼，发痴一样地羡慕着；她们在平时已经有巴望这种运命会落在自己的身上的心愿；现在机会到了，更其不必说了。但这类妇女当然只有极少数，也只有像一声大树的家里的打不死的老婆之类是作如是的妄想。

阿木跑到三先生家里，三先生还刚刚收集鸦片盘睡下不多久。

平时，家里的人是再也不会好没清头去惊醒他。现在三太太急得手忙脚乱闯进房去了。

三太太完全失了知觉，她竟走到橱前去开衣橱门去了。但接着衣橱门咿呀的声音惊醒了三太太的迷惑的神经；三太太急忙跳上"踏床"上，掀开了被头，死叫。

"怎么？"三先生真是大梦未醒！

"怎么办？怎么办？怎么办？"三太太顿起足来，可惜是金莲，只能登登地响，"怎么办呢？长毛已经到道堂庵了。"

"怎么？"三先生突然地坐起，两眼直向三太太睁去，好像三太太就是个长毛："怎么？长毛真个来了？"

三先生立时披起了衣服穿上了皮马褂。

"阿成、阿因呢？"三先生叫他的张龙赵虎了。"别的人赶快逃。老大带着二个弟弟逃到小万竹去。向后门山跑去，过夹冈到黄高庙，横过畚箕山溜下到西保庙；到小万竹姑姑家里去。"

"小万竹也有长毛的呀！"

"不，不，小万竹，大概不会有，因为他们去进贡了的。"三先生非常气促，如同刚放了轭的耕牛："阿成、阿因呢？"

阿成、阿因——张龙、赵虎——也负着重大使命来报告，然而欠早了，只白受三先生的一顿骂。

"赶快，你们，你们！"三先生对三太太说："赶快，你收拾些衣服，坐了眠轿去。由阿因、阿成抬去。"

三太太如同转轮一般，受了活塞的意志去转动，打开衣橱门把几件纪老衣，尽量地放在衣包里，脚纱足足地放了一大捆，体里布衫却没有一件，很匆促地关紧了橱门，上轿去了。

一室中由鼎沸而至于沉寂，三先生感到了一层凄凉的心意。——啊！皇上哟！今天是臣死节的一日了。

三先生在房闻里孤坐许时，于是他记起了。他从他的衣箱里寻出了一只文书箱，他把里面的文书，一一地检查了一下。而尤其使他注意的便是押契；因为假使这押契遗失，三先生的许多借款，便无从取偿。三先生把这些押契放在许多文书的中间，从橱缝间寻出两张桑皮纸紧紧地把它包起来，藏在贴胸的内衣里，好像要把这些纸头跟他一同殉葬似的。

三先生竟不知所以然，还是走了好，还是守着好。走了，回头看看这一楹红漆大楼屋，如在依依惜别。守着，三先生又不免想起死国殉君的念头。——啊！皇上哟！今天是臣报答你海一样大的恩义于万一的日子了！……

听听远处，似乎是小孩的哭声，妇女的喊声夹杂在一起。……于是三先生振兴起来，是时候了，三先生想，拔开两足向门外跑去。门外已经没有一个人影，几堆柴把在空地上无政府地杂散着，鸡犬也不见了影子；

笨蠢的猪豕，却还负着它一身重大的黑色的运命，在污淖之中大步地踱着……

从水井头穿上，一山的绿竹，一如平日地摇着翠绿的俏影；三先生的影子如同不倒翁似的在这高耸的山土上爬。

突然间从高地那方面穿出了二个长毛呐着一声喊，向三先生兜面迎来。而同时在右手面绿荫沉沉处，一株古樟树下，也闪出了二个人。

"喂！往哪里走！"二个长毛从后面赶紧着脚步追上。

三先生看看是在被包围的情形中了。但他仍努着吃奶的力，不住地尽管向山顶跑。偏是那四个人也有脚，合成一道地追来。三先生这时是只知道自己的生命的危险了。如同登上了绝岛，潮水只是高涨，差不多将要淹过了这绝岛。而四面都是烟雾茫茫，既见不到一只救生船，又不见一个人影，不闻一声人声，天哪，这将怎么处置呢？——但是三先生反而不再想到以身殉君了。

仅仅只差了二丈路远，三先生一回头知是无可逃避了。……

五个人的身影，在山岭上尽是滚动滚动，滚动……如同磕头虫似的。

突然间一件大鹰似的东西飞下来，在空中翻一翻白光。 四个身影便立时停止滚动，争先恐后地去拾取这一件东西。

三先生既然去了他身外的皮马褂，身段竟轻了一半，步调也加速了一倍，已经飞上了山顶，没落在山后了。

四个长毛因了这件皮马褂的关系，险些儿，互以白刃相见；但随后终于停止了争夺，想再去追逐这位富翁。而这位富翁竟在他们的俯仰间失却了。

阿庆大麻皮也正向后门山逃来，见前面来了四个长毛，急忙悄悄闪进大家山的柴丛里躲着。

阿庆大麻皮本来是在家里收拾些破衣背着逃的。因为他已经打发了阿庆嫂一等人先向长沼去，自收拾了东西随后追来。不料他正在把包袱背上肩的时候，门外闯进了四个长毛。

他妈的，老子再也不会像前次这样驯柔，阿庆大麻皮心中立时涨上了一阵怒潮，每粒麻皮，都成了红点，从门后背抽出一条扁担，向走拢来夺取包袱的长毛从右到左扫了一周，一个个都倒在地里。其间有一个打中了腰节立地死去，三个却是只在脚腿上受了一些伤，为避免他扁担之袭来，故意倒卧在地上。

阿庆大麻皮对于这口恶气真觉得出得畅快，理应接着大笑三声；然而隔壁弄堂急速的步声又起了。倘再不挈转船舵逃却，便难免白刃的光降。于是阿庆大麻皮耸一耸肩，背上包袱，向后门山奔去。

阿庆大麻皮在柴窝里躲着动也不敢动，看看四个长毛越走越近，他的全身便不免战栗起来，柴叶蕨薇之类也很悲怜他可怜的运命似的发着同情之悲鸣。阿庆大麻皮深恐被他们觉察出来想制止这觳觫，然而越想止住，却战栗得越利害，柴叶也同情得更响。

于是阿庆大麻皮把眼睛闭住，不看，装着要睡一样的把心安定一下。一面自骗自地当作已经死去了。果然这么一来，战栗稍稍停止了。而他们的语声，却明明可以听到。

"不用说了吧！这件裰子给了我。如其我今晚有活宝寻到，终定给你们大家分润一点。"

"你这吃不饱的东西，还说到分润。"

"那么，你还是这件衣让我得了吧，你们三人，活宝每人一个。我为你们去找，保管找来，如何？"

"这个年头儿，活宝要多少。老实说一句，做长毛老婆哪一个不欢喜。吃的是油，穿的是绸，要你们找。……"

"是哟！像这么一件衣服才难找……"

"……好的没……"

"……"

阿庆大麻皮直等他们的语声听不见了，方才开开眼睛透了一口长气。看看他们的影子如同枯枝似的在竹根下浮荡浮荡而渐至于隐没，才把自己的身子伸出来，啊！太阳已经报告午后了。听听村下的声音如同黄蜂搬家似的扰嚷着，阿庆大麻皮这时在脑中涌起了许多的回忆。——关于长毛种种惨杀的回忆。

他好像看到了一个白皮滚胖的小孩子，正在寻找着他已经失却的母亲而悲哭。一个红头巾的长毛走来，把孩子悄悄地抱起，插在他长枪的尖点扬长地背着走了。……

他又好像看到一个失却了丈夫的寡妇，领着一个约莫八岁光景的小孩在山路间跑；长毛从后面悄悄地赶来，拉住了妇人不放她走；接着就抱住妇人狂吻，但是妇人终于破声骂了。他也不管怎么要拥着到平坦的地上去……这约莫八岁光景的小孩，竟逞着他弱小的灵魂，仅有的勇气，牵住女人的衣裙，不让她去；然而长毛的雪亮的刃起时，小孩的头子滚下在地上了，只听得哇的最后的一阵呼声。……

他想到这里，死的恐怖，泊没了他的心中的热血。啊！世界呀！为什永久的永久的如此。要是人类的生命真个是剩余的，那么你造物者为什么要把它生产了出来，徒使人们受了惨杀的苦痛呢？……

竹山下接着又追上了四个人。阿庆大麻皮即刻又缩进了头。

二个人终于在地上屈服着了。阿庆大麻皮看去是老五洞和王烂泥。同时，那后面追赶着的二个人的手已按住了王烂泥和老五洞的头。

"先生！先生！大王！大王！"

"大王！大王！先生！先生！"

王烂泥和老五洞同时叫了起来。

"放了我们吧！放了我们吧！我们给你们挑行李，挑水，烧火，煎饭，抢老婆……"

二个长毛把手向上一提，高高地把他们头颈挈起。王烂泥老五洞都笔挺地立直。而老五洞还带着微笑。

"先生，大王，放了我们，我们投降了。"

"不兴的，我们不要你们这班狗男子投降。"

"投降，投降，你们哪里会真投降。赵狗被我们拿住不也说是投降的吗？为什么我们把他放了，他反而要行刺我们的头领，险一些儿给他刺死。"

"但是大王，先生，赵老狗现在怎么样了？"

"怎么样了，已经杀了头了。……"

"那么，"王烂泥即刻接上说，"现在我们怕断头，过一会就不会怕断头，像赵老狗一样的蠢吗？"

"是呀！赵老狗本来也不会刺大王的。"老五洞说："听说因为他看见你们大王队里有一件褂子是三先生的。他以为三先生被你们杀死了，所以他也要杀死你们，因为他以前是受过三先生的恩，做过团手。我们却和三先生是三世怨家；三先生说我们偷老婆不应该，好像他有了老婆，便希罕极了！……"

"哦！这二个变种倒好，也有用处。就留下吧。"

于是这四个人影又在阿庆大麻皮的眼中消失了。阿庆大麻皮几疑自己是在做梦，多不过是几个钟头的时间吧，怎么人事的变化竟这么迅速呢！可怜的忠心耿耿的赵老狗竟已经身头分离。不但只是分离，连心肝心肺都已煮吃了。唉！赵老狗哟！赵老狗哟！你昨晚受了我们一肚子的冤枉，今天又遭了不测之灾；虽则将来的是非终会判晓，然而你现在总是含冤以殁了呀！

由赵老狗而联想到一声大树，方老大，享伯伯，以至于老贵叔……阿庆大麻皮觉得他们都变成了一个个的头，一齐地排列着，发辫高系在横木上；他们的头颈已斩得赤肉淋漓，一块块细小的肉块，留着一刀刀的刀痕悬吊在断了的头颈下，像要跌下来似的。全面部溅着斑斑的血点，血点下呈现一块块紫黑的肉色，眼睛是闭着了，嘴巴是闭着了，似在默祷他们生前的过愆……然而他们有什么过愆呢。天知道，他们一年到头只知道背着锄头出，背着锄头进，他们何曾做过一点损人利己的事情；然而天哪，他们竟遭了这样的末劫。

阿庆大麻皮真以为他们村上的几个英雄确实都已死了。想到这里，伤感如同七月的山洪暴发，将他全个的生命力漂流去了。他也情愿死在这里，不再想什么生路去。反正世界终会有一日末劫要到：辛苦了一辈子，毕竟有什么意味。要不然，刚刚安心住，又是一阵长毛，一阵官兵，又把你的家业敲散；亲受到亲离子散的痛苦，何如现在死了省受些这类莫明其妙的事实的痛苦。……

黑夜又扯下了他的黑幕，村中的嚣噪声稍稍戢息一点。西北风起来了，猫头鹰开始撕破黑夜似的苦叫。一声声的命运的报告，如从天半中发出。

五

劫后的大堰村，真如同冷谷中累累的废墟；残废，颓败，萧条，阴暗的重云，严素的笼罩着；画出了运命的征象。

不再有一只鸡猪羊狗——真的，连狗也给他们啖食尽了。——在院子隙地间徘徊，不再有一个勇敢的青年，在大胆地和他们杂居着。乡村里最富有的，尤其是这个冬残春初时候，是干燥的硬柴，一堆堆的在隙地里积聚着的，现在也都烧尽了。

他们带去了不少的妇女，不少的钱财；而他们的答谢，是一堆堆的猪毛鸡毛，一处处的人血兽血；而后门山脚，竟又做了他们暂时的刑场，残剩的骷髅，撕余的破衣，错综地点缀在衰草败茅之间。呵啊！即此一处已足诉出人类末劫的命运了。

通过了几次的黑夜，噪了几晚的归鸦，终于人迹重复鬼魂似的在这废墟中出现了。接着三先生、阿庆大麻皮、方老大、享伯伯……而至于一声大树、老五洞之流也都归来了。

三先生于怆凉之余，顿消失了不少的雄心，眼看着家中的什物都抢掠得完尽，剩余的又如斯零乱；鸦片盘业已不知去向，手订的一生的心血——文集，本来藏在床头旁的，现在也不知往哪里找去？——啊！还有什么说呢？我的来日也不长了。……

但三先生还得上二通奏章——大概是奏章之类的文字吧，因为他想请准知县老爷，旌表他的堂叔老贵叔和族侄妇陆氏——理应不能书名。或许为读得上口计，不妨叫做陆烈妇。

老贵叔本来也是英雄之一（虽则是老了），长毛来了，正可以打一个旋风腿飞上天去。但他是有一种重大的责任背在肩上——总理他一家的财政田地山样屋宇等等的大事业——不宜轻举妄动率尔飞去；又兼近日稍感伤风，或许是催团丁费太起劲了的缘故，发了几天微热。或许是昨夜听见锣声，从被里跳出，一阵的寒冷，竟把他将行痊愈的伤风复发起来。所以长毛正当潮水一样涌来的时候，他还正坐在灶门前木凳上抱着头咳嗽。

老了，还有多大用处；一条老命卖卖也不值二个"仙"了。谁去动问他一声往哪里逃，又何况是自己顾不得自己性命的时候。

老贵叔顿觉四周太寂寞了，他便往外走去。他并不想逃，而且也逃不了。他只是念着："哦，老了，一年不如一年了，一刻不如一刻了……咳咳……"

老贵叔四季中最怕的是冬季。

老贵叔挨出了厨下门，再往大门那里走去。

"他妈的，长毛说来来，终归不来……"老贵叔手中捧着只火炉慢慢地踱着。"他妈的，一年到头闹着长毛，天下哪里还会太平，他妈的，长毛！"

老贵叔，行下石阶，右足踏上了石地伏，接着把左足收上，同时探出了他的头向左看去：但——"他妈的……"不曾说完，一条白光闪过他的眼前，"长毛"二个字急忙收住头便滚在地上了。老贵叔两只手还不曾放弃了的手炉，没有头的身段，即刻往后倒了。……颈血喷了一门……

这就是三先生要立意表彰的一个英雄。援将士阵亡之例来荫庇他的子孙世袭一个什么青骑尉之类的官爵。至于陆烈妇，则其事更有足多者。据一声大树亲眼瞧见的情形说来，陆烈妇之烈竟使野兽一样的长毛也为之胆寒。

一声大树因为英雄的气概太足了。长毛拿到了他，便想立时斩头；尚幸他打不死的老婆这次竟邀幸做了压

寨夫人，见到这个势头便以兄妹资格认了亲；虽则长毛
目中无君，但未必会无舅爷，一声大树终于以此免死，
虽则眼前没可申诉地失却了一个老婆。

　　一声大树以舅爷的资格，坐参军机，但可惜不是掌
财政。直到剡城的长毛的总司令部被几个外国人带了一
座巨炮轰散以后，下乡的支队当然也闻风而逃了。这时候
一声大树才得抽身归来，他的老婆当然也是原璧奉赵。

　　他说，他亲眼瞧见陆烈妇是从马上冲下倒地死的。

　　陆烈妇，她的丈夫正在他青春的时候，卸去人生
的责任的。陆烈妇为报答她丈夫的恩爱起见，立意育孤
守寡；但陆烈妇的运命太硬了，竟同快刃似的克死了丈
夫，不久又克死了儿子。虽则她的公婆却于她未娶过来
时已经死去，大概不会是她的硬命所克死。

　　陆烈妇便在这族人嘲讽命硬的声中过日。

　　毕竟陆烈妇的姿色，风霜中越见秀挺，长毛的首领
还是在许多命软的妇女之起到了她。

　　她曾经几次以死来拒绝长毛的首领的要求，长毛的
首领也无可奈何她。

　　长毛离开了大堰村的时候，她还是被长毛带去。但
她无论如何不肯上轿，长毛也硬生生地挟上了。

长毛们到了箭东村。她也下了轿，在群众中她便开始侮辱长毛的首领。

长毛的首领再也不能容忍了，拔出了他的银光闪闪的刺刀，但他不敢斩下去。

她反奔了过来向着刺刀冲锋。长毛的首领急忙缩回了手，她终于没有受伤。

长毛的首领此时左右为难，只得把她绑起，驮在马上去找一个安置的处所。然而她仍是泼骂着，挣扎着。接着她又努力从马上冲了下来，把脑壳对准了石阶冲了下来……她于是死了……碧血染上了满阶。……

…………

三先生于心神略定之后正在起草这一篇表功颂德的奏章，而院子外的哄声起来了。痛定思痛的三先生的魂魄，现在是受不起惊恐了。何况又是月色朦胧暗淡之夜。

三先生差着阿成——现在因三先生之失威，他也失却了张龙的雅号——到尚书车门去打听，回来却知道是钟凤德的儿子和媳妇捉拿来了。

县城里的长毛既然剿除，则乡村里的天下，自然又是大清皇帝的了。也是在这一天的太阳打斜的时候。阿庆大麻皮等坐在尚书车门下谈天。

论题当然逃不出长毛以外。然而谈到长毛却很容易记起了钟风德。……

"钟风德，他妈的，"一声大树说，"仍旧好好地住在家里呢？"一声大树跳了起来。

"什么？认真。"方老大有点不信任一声大树的话；但一面又表示万分怒恨的气概："那么，我们也应该弄一点手段给他看看。"

"是的，是的。"阿庆大麻皮近来不再做柴草间深躲着的悲哀家了。英雄的火重在心中烧起。"你们要知道，以先他的势风大，我们要受他的奴辱；现在我们势风大，我们便当治他一个死。啊！你们想，多少的人的性命，给他收拾了去；啊！我那可怜的赵老狗……"

悲哀与愤怒交相兴替。阿庆大麻皮立时约好了村中的英雄。

是薄寒的初春的一晚，淡月还不曾显现在东方的天上，疏星还含着嫩寒，瞥着水盈盈的明眸，在淡墨微染的空中，一声大树、方老大、享伯伯以及阿庆大麻皮一等人物，都夹紧了腰间的褡膊，各背上一束火竹，一支稻叉或龙刀，向道堂庵走去。

他们为想避免人们的眼光，不穿过常照村，打向小横山脚过去。

　　一路都是潇洒的树影，一路都是萧萧的草木。

　　他们绕过了几条曲折的田胜，经过了几处残断的山路。他们到了福星桥头。一架巍峨的石桥耸立在微茫的晚间，天空中现着惨淡的颜色，沉默地伴着一溪的溅溅的溪水声。

　　他们于是在绿意尚未萌动的萧索的旷野中行去。他们的心中各个人都预计着将来所应做的事。他们的笑语声又激动了这沉寂的空间。

　　行尽了旷野，穿入了竹丛。每个人都陷落在黑暗的海里。他们的身影不复悉辨，只是像大浪逐小浪一般地掀动着。直待到题诗岩潭出现在面前了，他们的身影重复一个个地从微茫中出现。

　　峭壁千仞下临深潭的题诗岩，峭立在羊肠小道之右旁，他们各各警戒似的走过。埠头就在眼前了。

　　急忙分做二队。一声大树率领了一队绕过题诗岩潭的下游而掩护到埠头的村后；阿庆大麻皮率领了一队向村前袭去。

　　一声口号，竹火齐发，照彻了山间的世界；龙刀的光在空中闪烁，表示万分的威严，万分的雄壮。

阿庆大麻皮闯入了钟风德家的前门，大概因为火竹的光，惊动了村人的缘故，钟风德闻讯往后门跑了。

方老大一声声地骂着，从客房搜寻到厨下，从厨下搜寻到楼上。老五洞享伯伯也一样地跟着。

同时一声大树也从村后剿袭到后门；他说，路上并不曾碰到过钟风德，不过在一家茅厕里见了一个鬼影，不敢去追看。但钟风德可包管不曾逃出。于是，打开了衣橱，爬上了床顶，爬进了床底，像猎狗一样地寻找。

王烂泥情急智生急忙独自跑去，跑上了楼上，抓住钟风德的第二个儿子，叫他陪到茅厕里去，但钟风德的鬼影仍旧没有。

老五洞抢上了上房；钟风德的第二个媳妇还刚刚穿好了衣服睡眼朦胧地惊惶着。老五洞立时在心头上感到一层腻腻的甜甜的感觉。

"带去！带去！"老五洞提议说："长毛的媳妇，带去！带去！"

"长毛的儿子也带去！"阿庆大麻皮也提议说："所有的家人都带去。"

走了正犯，捉了偏凶；不，他们终久是长毛的儿子，长毛的媳妇。

已经月上时分了，这半蚀的淡月光线并不十分强，一路送着他们的行动。王烂泥牵住了第二媳妇。老五洞牵住了第三媳妇；而钟风德的儿子却由一声大树监视着。

到了尚书车门，他们开始讨论处置这三个人的问题。结果钟风德的儿子在车门下棋杆闸上缚了一夜。第二个媳妇由王烂泥去发落；第三个媳妇由老五洞发落；但他们俩都是说定把她们关到三先生的柴间里去。

三先生这时正是文思来潮，当然也不会去管这些小事了。阿成把消息递到知道是这么一回事，也就淡然置之。其实三先生现在大有退隐之志，也没有勇再管这些闲事；大概是皇恩未报，负疚良多，此后务求以文明志，谋立深山之业了。

一夜很容易过去，三先生时辍时作，竟挨到了鸡鸣才睡。

消息像空气一般地传遍了一村，东方还未十分放白，失了儿子的母亲，亡了丈夫的寡妇，死了父亲的儿女，都怀着了一腔的恨怒向钟风德的儿子奔来。

待老狗嫂奔到已经是第三个人了，满脸的眼泪流洗着面上如腻的灰沙，上唇与下唇触电似的颤抖着，恨恨地立在他的面前。

"啊哟！我的爹呀！"老狗嫂一声沉痛的叫喊，疯一般地向他——钟风德的儿子俯下头去，阖紧了牙齿咬着不肯放。

"喔喔喔喔喔！"他——钟风德的儿子，只有流泪。就是喊痛的呼声，也不敢放肆。啊！他是深深知道他是钟家人呵！

但他总怪他的父亲，不应该做上了这个勾当。他也曾几次以正义力谏，他的父亲总把他的话当作耳边风；反因之鄙弃他，说他是满清人的狗，说他是不孝子，不能承父志，有时还提着大刀要杀他。他在这时想到，原来他在世上是一个多余的人了；既不容于父亲，而又不容于嫉恨父亲的世人。他即使向他们辩白，但他们谁来信你的话呢？天啊！他是只好含冤受罚的了！

…………

天又将黑了！夜！夜！黑暗的夜！

（原载1924年12月2日《四明日报·文学》，署名乔伦。本文有删减。）

把 戏

"把戏人人会玩，各有巧妙不同。"这是走江湖者的开场白；然而今天我要借来做我这篇不朽之文的开场白。

时间大概是上年，主要的角色则为我和琪，和蕙，此外等而下之的附带角色则为公间，唯林，而伯深却也吃过一块牛皮糖。

是饭后的晚上，我去蕙的房间里坐。蕙笑吟吟地告诉我关于琪之发狂之经过。于是我即刻起了一个草稿，叫蕙缮写完毕。

我返到自己寝室里，颓然地坐在前房。看蕙领着琪来了。

"报纸还不曾来吗？啊！报纸——"蕙未入室，便高声地问着，琪也同样地附和。

"还不曾来，但运寿已经向邮局去取了，大概不久就可到。"这时我心中的笑意，大有满园春色关不住之概。

琪坐在我的对面，随手拿着桌上凌乱的书籍在看。而我们的背都凭着窗槛。向立在桌，皱着眉头，似欲掩住他心头遏不住的欢乐。

门外有旧履的拖沓声，我从门孔向外看去。黑簇簇的空间画出了一圈暗笑的光轮，光轮中一个伛偻的老人手提着一管灯笼。这是运寿来了。

照例先接过书信再来看报。琪因为没有书信则已展开了《申报》。

"什么？"我拿了一封信高声地叫了起来，"宁波大沙泥街王缄。这是哪一个朋友呀！我没有这一个朋友。"

"哪里，大沙泥街？"琪从桌上俯身过来看："这是杨支呀！这笔迹我一看就知道，这是杨支呀！"琪说了以后似乎有点懊丧。——杨支竟不写信给我而偏偏会给他。琪似乎这样在想。

蕙一句不说地仍旧立着，他大概是在看《四明报》吧。

我把心镇定一下，展开信来看，暗暗地偷察着琪的形容。

琪虽则装着在看报，而眼线却时常射到我这封信上来。

　　我终于把信展开来了在看，其实我何用看呢。琪此时已伸过头来同看。

　　"怎么，我的信你可以看？"

　　"杨支的信有什么关系，大家看看也不妨呀。"于是我就随他看去，其实我是正要他看呀。

　　信是这样地写着。我一句句地读下去。

　　"××老兄大鉴，久不作书问好。慊甚！慊甚！弟今年新正，忽发恶疾，每当咳嗽，痰血随之……"

　　"啊！"我作惊惶的口气问着："杨支怎么吐了血了？"

　　"哪里，你还不知道吗？"琪即刻回答："正月里我和你到李家去，在 L 君家里曾见到他的信吗？"

　　"他那封信怎么说？"我故意装作理会不到的样子。

　　"那就是杨支的母亲要住在宁波，杨支也主张住在宁波。他的女人以为以前家乡间不太平，'三次'作乱，所以搬到宁波去住，还有道理，现在家乡已经太平，正可以住到乡下来，也落得省花几个钱。他的女人看看家境一天天不好下去，将来怕要连儿子教育费都不着落，虽则他们不从其议，索性独自一人返到母来住，杨支三番四次写信来催，她总是不去；所以他写了一信叫 L 君代他催一，在那封信中，不是也说到他吐了血吗？"

"喔！是，我记起了。"我于是又读下去。

"在此扰攘之红尘中，自亦不知尚有几久留滞，言念及此，心骨为痛。嗟呼老友，能不哀悲。要知弟之一身，肩负正重，老母在堂，弱妻在室，虽托先人余荫不必仰视俯蓄，但遽然弃离，我何能忍。兹者舍妹秀瑛年已及笄，尚未有相当人选。弟以婚姻大事，当由自身主之，非可越俎代庖，故一再稽迟，迄至今日，而女校风气未开，所谓自由恋爱之事，恐难及舍妹之身而实现，素稔吾兄才高太斗，所交必多文学之士，尚望为舍妹留意介绍……"

我读到这里，看琪早已颓然地返坐着在看他的报了。要是这时我有一朵玫瑰花和琪的脸色一比，恐怕还没有这么红。

"××，这恐怕杨支在属意于你呢？"蕙作意地浅笑着说，我也不再读不去。"××，你大概要行桃花运了吧！"

"这样的吗？"我不禁住地大笑起来。"哈哈，那么我要请你们喝酒了。——但，唉！我不是已经是一个剥夺了恋爱的权利的人了吗？啊！天呀！"我又大叫着。

琪，这时只把报纸张张地调换着，好似拿了这张又没有新闻可看，拿了那张又没有新闻可看。听了我的话，只冷冷地低低地说一句："那么好呀！"

"这到底是什么意思，竟以弱妹相托。可惜我没有朋友可以介绍……所交必多文学之士，蕙，这使我难极了。……唉！什么时候我的老婆会死了呢？……"尽是这么断断续续地说着。而琪却突然地在这个情景中立起了身奔飞着去了。

"蕙，琪竟太可怜了。"我低低地说："我看他见到这信很不舒适呢。但，实在说，秀瑛确是想他入了骨髓的人。去年，我在上海流浪，他三番五次要我写信给杨支介绍，我因为自己和杨支交情不深，而琪是一个已经有了未婚妻的人，杨支又明明知道，难于着笔，所以把这事搁了。……"

"但是，"蕙抢过来说，"琪之所以透骨髓地恋着杨支的妹，他因他那父母订的未婚妻，未能合上他的心意的反射作用呀！"

"哈哈，人毕竟是微小的东西。"我笑着说："我看琪今夜定受不起我们的捉弄呢，我们进去看看他，终久怎样了。"

蕙低低地浅笑着。

琪的寝室是和公间切对的，我们作意不到琪的房间去。

"怎么办？老庄？"我在门外就叫了起来。老庄开开了门放出了一条光路，返看琪的房间，门已经关着了，但室中的箫声却呜呜咽咽地悠扬起来。

"怎么回事？"

"你看我竟得了这么一封信，杨支要我为他的妹妹介绍一个朋友呀。"我们这时已经走进了老庄的房里："蕙说是杨支在属意于我，我想也说不定，可怜我已娶了老婆，不过离婚，现在是顶时髦，我也何妨时髦一下。"我的语音作意放得很高，装着不可一世的骄傲的态度。

"嘻嘻！"老庄一边读信，一边笑着。我偷偷地把这件把戏说明。

"好，好，我们敲琪一个竹杠。"老庄回答着。

我们三人一淘儿走到琪的房间去，打开了门。琪只顾坐在椅上吹着他的洞。我于是又提出商议解决这个问题。

"嗳，老庄，杨支的妹妹，的确俊俏得很，也可说是我有妇之夫单恋着之一个呢。那年，杨支还是住在雀衙前，暑期中的一天，我跟哥哥去到他家。杨支的妹在楼梯上看着我们。啊！粉红的两颐，欲流一样的鲜嫩，戴着一付金丝边的眼镜，赧然地带着处女的羞态，瞧人。杨支上楼去的时候，她的妹妹便问：'这二个人不就是去年在我们家里偷石榴的人吗？'……啊啊，老庄，从现在这样看来，她恐怕早已'一见倾心'我了呢。……哈哈，我要把我的老婆杀却才对……"我作意说上了这些与琪私心刺谬的话。

但，琪终还不住地尖着嘴巴向洞箫，灌风，试音，可怜他竟吹不成调来。

"××，闲话少说，铜钿找出，我想还是为琪介绍一下吧！……"老庄很正正地说。蕙也接着附议。而琪却停止了吹箫立起来说："喔——认真是睡觉的时候了。"

"喔，你下逐客令了吗？好，我们去吧！"我故作强硬的口气说。

一夜便这么地过去。第二天唯林也参与其事，做个偏角。

在伯深的房间，我写了复信。大意说："来信读悉，病中切勿过事思虑。令妹事，弟已觅得相当人物。今旦不以姓名相告，只将令妹之通信处开示，便可直接通信，此后事，吾等尽可不必过问……"

老庄、唯林几次要琪请客，说，现在不妨少误一点，事成后可再大谢媒人。琪始终沉默地不表示态度。据琪事后说来，终以为我一定不肯为他介绍的，说我素常不作不负责任的事。而自己又非是文学之士，徒然开了臭口不成功，倒不如不开口为妙。而且第一步即使成功，而我即使为他介绍了。而她所持目的太高，不能屈就，又是空碰橡皮顶子。要知现在女子还脱不了自贱之心。倘自己是中学毕业，则非大学毕业的丈夫不嫁；自己是大学毕业，则非留学头衔的丈夫不嫁。而琪的资格又何能与她相匹敌。琪确实可谓筹之稔矣。

但毕竟拗不过公间和唯林的缠绕，由琪应许，由蕙代付了四毫钱以我的一封介绍信作代价，买了几包牛皮糖，而终于做到请客的地步。

对有这笔好买卖，我离然在面子上还是不肯十分去迁就琪，在一室间，我冷冷然不着边际地写好了信，却不曾写信封。琪即便接上来说："他的通信处我知道，是宁波大沙泥街三十三号。"于是我又按照他的嘱咐写上。

牛皮糖骗到手，每个人都大笑了。琪却有点愕然。

"哈，可怜的光杆子的琪啊！你是被我们骗了。"于是我述说事实的经过。

当昨天下午的时候，蕙坐在房间里抄讲义。琪飘然地走来立在案旁。

"蕙，你认真给我介绍一个女友呀。"琪曼然地说。其实正届青春的琪，异性的朋友确是他的需要了呀！

"我哪里有女友。"蕙缓缓地回答。蕙说话的语调，平均要一分钟放一个音。

"你的夫人是读书的，难道没有一个女友吗？你不可以请你夫人为我介绍吗？"

"哦！是，她还有一个妹妹呢。"

"那么，好极了。"

"不过一双眼睛有些坏了。"蕙又是缓吞吞地说。

"啊，你，真太使人怄气了。——还有其他吗？"

"有，有，据她说她有一个女友，是西邬人，面貌白皙得非常动人。"

"那么最好不过的了。"蕙乐得狂跳起来。

"不过，据她说她是有肺结核病的，已经是第二期毕业生了。"

"唉！你这个人。真怄气；这还要你说什么？"

"哦！错过了。"蕙作意装作失望的样子。"昨天？

不是昨天吗！她有一个女朋友，她的照相你也见到过
的呀！她本来是我们连山广渡人，不过现在住在宁波。
此次她的父亲死了。她写信来，清明要归家来，请老戚
（蕙的夫人）去会会她。听说昨天已来了，宿在连山会
馆，要不然，昨天我和你一道出去一趟，我就得介绍给
你了。"这一段话，蕙似乎说得稍稍快一点。

"贼出关门，马后炮不要放了。现在错过反正是错过
了——那么到底她叫什么名字呢？"

"什么名字吗？我不说。"蕙又缓缓而赖皮地说。

"这又何必呢？说说也不妨呀，我又不会写信去。要
是我有这么大的胆，秀瑛地方我早已写信去了。"

琪说完了这话，便一纳头倒在床上。

"啊！秀瑛呀！啊！我的秀瑛呀！"琪竟患歇斯底里
症似地叫喊着。

蕙把这件事情告给我知道，我因之乘机写了一封假
信捉弄他一下。不料可怜的琪，竟被我们骗了！

我报告完毕，每个人都笑得哂哂作声。因为牛皮糖
膏住了嘴巴，不容易大笑。

"呵！你好，你恶作剧。"琪欲哭不能似的嗔怒着。
"昨夜害我一夜不曾睡觉，我一看到王杨支的信，心头

便悬吊起来。我从头读下去，读到秀瑛二个字，我全身的神经差不多都被颤动。而况又是这么一回事，怎能使我不昏迷。最后读到'文学之士'几个字上，于是我的心冰冷了，我全身好像收缩来拢凝为一点，啊！还有什么希望呢……"

琪堆着苦笑述着他的心的震动，最后便恨杀我似的不与我说话。谁又知琪因此便得了神经错乱病，上年不曾满期便离了职。在我对于这桩事只有抱歉，然而琪呵，你也太痴心了。

毕竟恋爱的滋味，也不过经过几次心的震动而已。据说琪下年将无条件投降于旧礼教下，来做我的朋友，放弃了他的单恋的权利——虽然娶了妻后能否把单恋的权利放弃与否，还是一个问题——接受了他父母送与他的生儿子的机器。这在琪不能不说是找到了一条光明的路了。

琪呵！恋爱本来是一场把戏，可笑青年们都太执着了。你这次被我们玩了一套把戏，也作称是恋爱过了。我们是同病相怜者，此后我们携着手走上人生的荒径去吧！

一九一五年十二月十七日

杀父亲的儿子

"金货，啊！你的父亲又闯了祸。"

老郎伯从大街上走进一间低矮的屋子里，突然地说了这么一句话，接着撬起了头上戴着的破毡帽，抓一抓痒，伸过右手，从臀部上刀笼里抽出了尺长来的旱烟管，预备吸烟了。

金货这时刚刚摆开小菜在开始吃饭，在一点钟以前，他还在岭仙砍柴。这是金货今年工作的预定的计划：大概在大新年正月初头，冬作已经在去年年底，差不多调弄舒齐，比较豆麦之类还要削几回草，其余的事情就很少了，趁此空闲的时间，落得多砍几担柴，虽则自己不是砍柴卖柴过日，但一月到三四月里，耕水田的事情忙起来了，于自己的几担水田弄舒齐以外，也得跟别人家插几个短，于一家的生计上，不无少补。所以在这大新年头里，金货一待跳出初三，他便拿一付蜡烛香，拜一拜坐山土地，开始进行他砍柴的工作了。

"怎么？"金货抬一抬头答应一下，接着就放了筷碗，请老郎伯挨着壁角坐。

"老郎伯，真对不住，一屁股地方，前打灶后做房，真是旋身不转。"金货的母亲同时放下筷碗客气着，接着回过头来对着金货右旁坐着吃饭的金货老婆说："南考吞人，你去倒一碗茶来。"

"别客气！别客气！"老郎伯用短旱烟管指挥着似的说："坐下吃饭，坐下吃饭，都是自家人。"

理应金货对于老郎伯的突然报告，要开始继续问了下去，然而金货很知道，还问他作什么呢，反正总是一件不幸的事情已经发生了，所有的报告，总是十分有九分可以预料；不是拉倒了东家的瓜棚，总又是敲碎了西家的粪缸；要是这么长久的过去，自己也只好卖了老婆去赔偿；还幸亏别人家会原谅，碍着叔叔伯伯，太公，叔公的面子，说几句好话也就算了。

金货和他的母亲还是开始他们的吃饭，老郎伯坐在壁角里捧着热茶和着老烟吞，一口一口的烟雾喷着，大有遗世独立，羽化登仙之概，漫然地舒展他那素朴的胸怀。

"一份人家，风水行到了断头，还有什么可说。"金货的母亲吃完了饭，立起，对老郎伯说："我的金货，这样辛辛苦苦地做工，大新年头也不曾摇着腿空坐，偏是这个老勿死，又犯着这个凶煞，真是拆家败呀，老郎伯，这是叫我心痛不心痛呢？我们又不是有钱人家，可以叫一个人来照管他，我们纯靠吃一口脚健饭过日子；哪里又知道他跑出去闯祸了。"她说到后来，声调渐渐凄咽起来，终于把几滴眼泪不吝惜地洒在她自己要收集过去的空饭碗上。

　　"那，你倒也不要说，"老郎伯把吸剩的烟头，在竹椅脚上敲去，"玉喜弟和我也是同出山年，不过我比他大了二个月份，以先他也是拼命的会做的；你不要忘了他的过去，只看到了他的现在呀！"

　　"就是现在，他是要好不得，这是鬼跟着他呀！一个人被癫鬼跟着了，还有什么法想。你把他紧紧地绷牢，癫思偷偷地走来，会把你绷解散；自己哪里还有主意哪。"老郎伯，一壁说着，一壁从褡膊里摸出老烟向烟管头上塞，预备吸他第三管的老烟。

　　金货却只是耸山划土似的吼吼地吞着他的饭。因为这饭就是人生最大的目的，金货对于一般伤心减食的人，都很瞧不起，以为这都是假装出来摆场面。一个人饭哪里可以减得，一餐不吃便挨不过一小时，何况整天地熬住；所以自己无论在什么场合，饭总非四碗不饱。虽则今天听了老郎伯的报告，心头觉得十分的不快；但也皱着眉头表示一种深沉的痛苦似的，吞他足量的饱饭。

"他又在哪里了？"金货放下饭碗，松一松腰上缚着的刀笼的绳，如很有决心似的立起，断然决然地说，但以后的话他似乎没有意思说下去了。其实金货在平日也是沉默时多说话时少。他觉得什么事除"做去"以外，都没有加以说明的必要。所以他在田头的时候，最厌恨的便是杏元大炮，喝饱了酒，翻着黄泥，刁刁地唱着梁山伯的一桩事。

"哪里，他昨夜跑到红枫岙去。"老郎伯的语音和烟雾同时喷了出来，接着咽一口唾涎，润一润干喉。

"说起来也好笑，我到红枫岙去看牛，早上，红枫岙里山厂里的人对我说，昨夜玉喜大叔来打门，叫我们留他宿一夜，说什么和山厂里全生老婆从小都很好，现在要来讲讲老交情；后来全生冒着冷风起，拿着把斧头把他吓走，谁知他跑到田林下"煤"灰堆的茅蓬里，对着正在冒烟的灰堆，刁刁地唱着歌，大概在半夜里，他索性折了几根茅草，把这"煤"灰堆的茅蓬烧了。害得大清早起，全生老婆'斩头，切脑，挽田塍，肚大脚瘰'地拍着大脚，喝着西风似的，骂了一场。可是全生是明白人，'他妈的。你会骂也会稀奇！'吓止了她。今早我在全生山厂里喝一碗茶，全生水根脉络似的从头讲到脚，讲得我真个是笑煞。但全生说，这种茅蓬烧了也就算，半天工夫又树起来，叫我也不必到你家来传。但我是个心直口快的乌老鸦，知道了事，总哑哑哑地历天历地的叫去；你们让他这么在外面疯，总不是好事，总得把他捉着。……"

老郎伯说得咳呛起来。急忙深长地吸一口烟，热一热他的肺。

"这斩头的老勿死。"金货的母亲又继续着说："你说他癫鬼跟着，咳，哪里，我知道他的，他一定是老变了。臭咸鱼吃厌了，他想新鲜小菜吃。这个老勿死，一定是想得昏了，假装着癫，去撩手撩脚地撩人家。老郎伯，我别的也没有放心不下，像这么的老勿死只管闹过去，我情愿闭上了眼就算；只是苦了我的金货，他……他……他……一天到晚没有放过手，山里田里归来，终是做这样做那样，修桌子修椅子，他都是自己一声不响动手，而又没得好吃，没得好穿！去年年底他的娶老婆的一笔借款要还了，他迫得热锅套上头顶，没缝去钻；后来终算央面情，还清了利，才放了心。你看，老郎伯，我的金货的脸竟苦得这样黄了！……"

"妈，不要说了。"金货似乎也有点动感情，然而能够忍住。"老郎伯，他现在在哪里了？"

"哪里？——嗳，玉喜嫂，你心地也要放得宽。"他只对着金货的母亲说话："后生辈里，金货是天字第一等人物，你放心好了。玉喜弟只要癫鬼离了身，就没事了，实在的，十个癫鬼总是九个淫的，他们总爱撩手撩脚地去撩女人，杏元大炮以前也是一样；所以我说并不是玉喜弟老变，到这时候，玉喜弟哪里还有自己的主意。玉喜弟平时做人，实在是天字第一号的规矩，他和我一道上山去，砍足了柴，坐在场里谈话，他一生一世总是谈起油盐酱醋，我倒还要谈谈：阿王老婆的嘴巴，阿狗老婆的眼睛，阿七阿八的女儿的脚。他听了只会微微地一笑，一句也不搭上来的……"

"去了！去了！老郎伯，不要说了。"金货有点不耐烦听下去。手里拿了条棕榈的索，断然决然地说："他现在在哪里？"

老郎伯哈地一笑，空了起来，同时旱烟管向刀笼上一插。

"少年人，真心急。前一会，他还坐在大溪口树下，摇着腿唱歌。"

说着提起稻草包着的两脚跳出了门限，带着金货走了。

"老郎伯，你要下一点恶手。"这是金货的母亲最后的一句话，而金货总是沉默着。

逸文嫂站在尚书第下靠着狮子脚，登登登地带说带骂着。

"这斩头的。老也老了，还要这么讨债；你想，真是又气又好笑，我们正是坐前讲盆景；哪晓得他已经偷偷地从后院子蹑进，走入我们阿毛老婆的房里，正是打开了枕头镜箱，粉塌塌，油搭搭；刚巧阿毛老婆从水埠洗了衣服回来，把衣服晾好，揩揩手走进房里去，急得天倒地崩地喊起来。我道是什么事，走去一看，啊唷，这个样范真是天中少一，满脸涂得曹操似的，我也吓得退了出来。倒还是婆，一瘸一拐地走到鸡笼边拿了一把铁耙赶进去，终算把他吓向小院子外逃了；哪里晓得这斩头切脑的东西，竟还抱了我阿毛老婆的梳头镜箱逃去；……哦！这斩头切脑的——啊！啊！金货！金货！快去快去！你的爸把我阿毛老婆的梳头镜箱抱去了，一般后生已经追下去，你快去！快去！快去！帮忙！"

逸文嫂，满口的白沫飞喷着。全身部好似不胜这肺部过分的呼吸，借力势的靠着狮子脚，对着石凳上的运土哥，桥头土地之类，历诉她这次遭遇的经过；恰巧老郎伯同金货走了来！她于是更其猴急气短似的叫。

金货并不说什么，只是皱一皱眉头，咬一咬牙关！同时睖起他那沉重的眼皮，炯炯地向逸文嫂的脸上看，脸色渐渐地蓝了起来。

顺着逸文嫂的手指指着的方向看去，在向上保庙去的一条路上正颠奔着一群人，后面还有无数的小孩子，看牛郎之类。

金货即刻从他严重的脸上豁露了一层微微的笑痕——像死狼似的笑痕非常凶怕。

"逸文伯婆，总是我赔不是。"接着金货便开紧脚步向银杏树脚走去。于是尚书第下像桥头土地之类的评论家都说："玉喜大叔这个儿子实在不错。"

老郎伯还是站在尚书第外月台上往下望。年老了，真有点眼花，总是望不清楚，再说密密的溪口树枝遮着了眼线。

"反正有好多后生帮着他，也不去了。"老郎伯说了一声，便挨着磬盘似的屁石凳上坐，跟桥头土地白嚼咀。

金货并不飞跑，只是加紧脚步走。可是全身的筋肉，却十分的紧张，手中的棕榈索竟被捏得瑟瑟地响；同时，他的牙关也咬得更紧。几乎牙齿全排都将崩落。

他行过了老杏树脚，将到新祠堂前，看看水碓脚的路上，站着一群小孩子，哥领着妹，弟跟着姊的在喊"捉癫人！捉癫人！"金货并没有什么感想的又挨过了他们的面前，一步不错乱地加紧着步调走！走！向前走！

金货的全个的意识阈，都被沉默的愤恨所占住；虽则小孩们都指点着说："这是癫鬼的儿子，这是癫鬼的儿子。"但他如同不曾听到。

可说历路都散匝着人，看牛郎正兴高采烈地抱着一腔好奇心向前进。一听后面有敲木鱼似的步调过来，回头一看，见是这么一付沉黑的神气，都连忙吓得躲到田塍下，竖着幡杆似的牛鞭，贴着勘壁让他过去。但金货对于他们，宛如不曾看到一样。

金货走到水碓脚的时候，癫子和一群后生已跑到了上保庙。现在，在西园外了，金货开始听到那一群人的吆喝声。

癫子抱着梳头镜箱从上保庙的后门躲进。一刹时，逃出在那一群后生的视线外了。

绍清小白脸不禁叫起怪来，从堕民嫂的闺阁里寻到堕民的厨下，又从灰堆间里寻到羊栏里，都没有他的影踪。最后还是阿红歪嘴在茅厕的尿桶边找到了他。——他竟如一只孵卵的母鸡似的，头攒向壁角，一点儿动也不动地蹲着。

阿红歪嘴并不高声地叫起来，只是轻轻地退出，站在庙门外的月台上召集拢这几个追赶癫子的英雄。

老和尚计议二路进攻，一路仍从后门进去，一路从大门进去在穴洞门旁过路间里伏着，待那一路把他追吓过来时，便用麻索把他绷倒捆绑起来。

"这叫做智取瓦隘关。"老和尚最后这样地说。

但谁知一面还未进兵而癫人却早从尿桶边走出到神座前了，一把铁大刀抡在他手上，像要杀条血路而走！

"啊！哟哟！我斩了六将过五关！啊！哟哟！我过了五关斩六将！"

癫子不住这么地唱着，同时向阿红歪嘴等直冲过来。

阿红歪嘴等于是大声喊杀，以壮军心；并返掩了大门，以作战垒。只有阿毛偷偷地从后门蹑进，在尿桶边取回了他老婆的梳头镜箱。

在高声呐喊之中，金货在群众后面出现了。宛如一个军队得了指挥的首领，群相高呼欢笑。万点的目光，一齐集中于金货的身上。

金货一句不响地排开了群众，推开了大门，呵一声："你作什么？"

门内的声息寂然了。抢刀声，高唱声，都一齐收起。看看癫子只是把铁大刀背在肩上对着金货呆呆地看。

"你把刀放下。"金货重复吆喝着。癫子竟着了催眠术似的贴贴服服地把铁大刀从肩头卸下，放在足下，笔挺地立着。抬正了脸，笔对地瞪着眼向金货看。这时门外的群众才开始清清白白地认出他满脸的白粉上，还画上几块苔绿色。这大概是尿桶旁黏来的成绩。

金货于是加紧一步，上前把大刀取来。

"站着。不许动！"

一壁自己把铁大刀向神座前放好。而癫子似乎重新唤回了旧日的恐怖，屈服在金货的威喝之下，竟如画地为牢似的动也不敢动，只对着门外的人发笑。

金货从癫子的背后袭来，将棕榈索绷着他的两只手。这时癫子开始大声地叫喊：

"啊！金货我的爸呀！金货我的爸呀！"

金货也不管他怎么，仍旧缚着，缚着，终于癫子的两手给他紧紧地缚在一起了。

"你喊！你再喊！"金货抢起了蒲鞋似的手掌向癫子的颊上扑扑的三耳光；癫子脸上的厚粉簌簌簌地堕了下来。

"金货，我的爸，好了，哈哈哈……"癫子接着又是一阵笑声。

"跟我来！"金货手牵着索的一端向门外冲出。众人向他带笑地看着，可是他却一顾也不顾地只是俯着头牵着癫子走。

而癫子则宛如一只锁链下的猴子，左顾右盼地笑着跟在后面。

就是在临街道的外间里。金货把门半掩着，似乎有什么事情要发生了。

癫子绑在屋柱上，看着金货一件一件的动作，一声不响地青着脸笑。

金货从后间取过一块门板，好好地放在地上。再拿过两条木凳来，门板于是平平稳稳了地拦在凳上。

"你个老勿死，"玉喜嫂于是念高王经似的理理派派地数着骂，"你难道要把金货几张屋瓦片，都要弄个干净吗？你这么癫下去，你的儿子还会活得成吗？工作也做不来，要跟你来照管。……一家子纯靠吃一口脚健饭过日；你长是这么假痴假呆过去，弄得一家都是六神勿安的，你还是快快给我死了……"

"妈！终久怎么办？"金货把门板铺好，回过头来对他的母亲埋怨似的说。以为像这样失了智觉的人，还有什么可对他讲理。而况天下没有讲得通的理，只有得通的理。母亲这么地表示，怕是悔了刚才的建议。"做儿子的为他死，也是应该的，可是一家里三四条命……妈，你到底怎么样？"

"这样做去吧了，还有什么办法？我绝不会悔！一切罪孽都是我娘来顶，天雷打也只会打到我娘的头上，也不会打在你头上。是呀，不是这么做，我们三口儿就会死在他的手上……做去！我娘叫你做！"

玉喜咬牙切齿地说，每个字都如在牙齿缝间溜出。

全面部胀起了青筋。

"做去！我娘叫你做！"

玉喜嫂重复说了一句，赶上在癫子的脸上也赏了三个耳光，表示她的舍弃的决心。

"金货的娘！哈！哈！哈！玉喜嫂嫂来了！玉喜嫂嫂来了！哈！哈！哈！"

癫子被吃了耳光，神经受了震动又胡念起来。

金货走过去，解了他身上的缚。癫子也并不窃喜，还如未去缚时一样，贴着柱站着不动。

"去，去睡在这板上。"金货同时手向门板上指着。

癫子不解他的意思，只是呆呆看着不动。玉喜嫂走过来一把拖，把他拖过到门板旁。再叫金货扛着脚自己扛着头仰天地放在门板上，用力地捺住了头。癫的眼睛这时正对着玉喜嫂的下巴看，同时却还不住地笑。

"金货，你可以落手了。"玉喜嫂全身的筋肉都紧张着兴奋着了。

金货拿过麻索把他胸部腿部紧紧地绷住，使他挣扎也不得挣扎。玉喜嫂就也把癫子的右手按住。金货便将癫子的左手伸直，手掌覆在门板上，在中心处用一枚钉子，铁的钉子……钉下去……钉下去……开着眼钉下去……

"啊唷！金货，我叫你爸爸来！饶饶我！"……当金货敲钉子的第一动作时，癫子不禁狂叫起来。

但癫子这么叫了一句……金货便也抡起铁锤，向钉子上敲了一下；同时淋淋的赤血向上漂射了一次……而玉喜嫂却也说："金货！敲！"……

"啊唷，金货我的爸！金货我的爸！"……噗噗……嗤嗤……"金货！敲！"……于是在这一间黑暗的小屋子里，只有这些声音支配着……只有癫子两只炯炯的向金货的面上瞪着的眼睛上有一点光了……

……一切都是黑暗……

门外已经站着了不少的人，老郎伯跨步进来。

"金货！你！你！"老郎伯看看门板上的一条条的鲜血，竟吓得说不出话来。"怎么？怎么？"老郎伯勉强从喉头压出这二个字。

金货这时才把癫子的四脚四手钉住，回过头来勉强着笑脸请老郎伯坐。

"你好！你为什么不把他缚起来，要这么钉。"老郎伯由战栗而气愤了，不禁黑着脸地责问。

"缚？有什么相干！总是要散去的。"

"这样钉了。你不怕他死吗？"老郎伯真有点愤怒了。同时有点同情的悲怜！

"……金货我的爸呀！……金货我的爸呀！……"癫子仍旧一声不断地喊着几乎把门外人的心都喊碎了。而金货却还铁青着脸一点没有什么。

"死了！反正没有用的人，死了有什么关系。而且撩坏人家的东西，打断我的工作，死了，不更有益吗？"金货也气愤地对着老郎伯的诘问回答着。

"这不忠不孝的蛮牛，"老郎伯抡起旱烟管要向金货头上打去。"还当了得，真个是搬了天讲话，"玉喜嫂走来便把他的手挡住，金货幡然地向后屋走去。

"老郎伯，你打我！你打我！我给你打死吧！你反正要除我的种。"

于是哭，喊，骂，闹……金货我的爸呀！……种种嘈杂之声，盈满一室。

门外的观众，委实看不了，把声声口口骂着"这不忠不孝的蛮牛！这不忠不孝的蛮牛"的老郎伯拖出了门外。

"……金货我的爸呀……金货我的爸呀……"

"管我们什么，反正死了不是你家人。……"

"……金货我的爸呀！……金货我的爸呀……"

"死了也好，反正没有用处，还省得撩人家！拆家败！"

屋内只有二种声音。

一九二七年一月十二日

（收入2000年5月宁波出版社的《巴人文集·短篇小说卷》。）

黄缎马褂

我在狱中的时候，狒狒走来看我，说黄缎马褂已经枪决了。

他说："那一天，我坐着轿，黄缎马褂随在我背后，一道起解来甬。不料刚刚到东门外，坟滩相近的地方，兵士即便喝声'靠里'，接着啪地一声枪响，回头看时，黄缎马褂已经在坟滩上倒着了。我的轿飞也似的抬过，心头已经失却了灵魂的主宰了。"

死了！我的心头也震动起来，而况此时我又是处在这样的地位。

我想起了，关于黄缎马褂的一切事情。

黄缎马褂自从夏超失败后，他便在村里纠集民团。

他说："革命治世总是不行，现在是天道转运，皇命复兴的时候。孙传芳毕竟还有几分骨相。可是总要待真主出世。"

"可是真主有没有出世呢？"信仰他的言论的人常常这样问。

"现在已经出世了。"

"可是在哪儿呢？"

"在奉化。奉化大桥方家。"

"这可是你在书上看出来的吗？"黄缎马褂毕竟读通了一部天文地理，人家都这样地相信他。

"不是凡事总是贵见微知著。方家有一个螟蛉子，是新昌孙家田抱去的。中间设法的人，是周龙和赵凤，夫龙凤者祥瑞之物也，帝皇之象也。此子不贵，是无天理矣！"于是黄缎马褂便大摇其头，不复说下去。

正是这个时候，奉化的知事孙秉丞，曾被民众拉住大打了一顿。黄缎马褂听到了这个消息，愤愤地说："这真是朝代没了，王法全无了。孙秉丞无论如何不好，毕竟还是朝廷命官，岂容草野小子，横加侮辱，我家世代忠良，哪忍坐视不救！"

黄缎马褂于悲愤之余，便率领所纠民团，分道扬镳直往城里而来。

待黄缎马褂到城里，一师的独立已经失败，党人多已四处逃亡。家家户户都把门儿关得铁紧，全个城市冷清清地陷入在垂死状态里。黄缎马褂把黄旗插在北门外，中写斗大的"张"字一个。自己穿了一件黄缎马褂，骑着一匹高大的白马，后面跟着团丁从北门跑到东门，又从东门跑到北门，来来去去地跑了两趟。

黄缎马褂回到家乡说："毕竟我来头大，势面阔，孙秉丞本来是被民众禁囚在监牢里的，可是我去了一趟，便立即放了他了。现在孙秉丞又复任了，将来什么事情都要仰攀我呢！你们倘有不听我张某号令者斩！"

黄缎马褂这样地说了。以后，便以手作势，声声口口说："斩！'克拉脱'一刀！斩！'克拉脱'一刀！斩！……"全面部的筋骨都紧张起来了。接着便连浮了几大白，庆祝他心中的胜利。

然而，黄缎马褂知机会已到，便亲自跑到宁波，在军服店里定做了二十套军服，在刻字店里刻了一颗阔边方印，中间是"剡溪民团之章"六个篆字。匆匆地到外濠河雇了两只航船，预备向家乡返棹了。

正是严冬时节，各处小学校又因受兵事的影响先先后后散了学。剡溪乡的一批在外当小学教员的青年，也都各自纷纷向家乡跑去。然而所有的商船都被封禁了，轮船也停止了开航，一个个摸到外濠河来问航船，也还只有张老爷的二只。

黄缎马褂欣欣然自灵桥门跑来，后面跟着二个卫兵，各负了一帧军装。

"是哪里的军队？"守在永丰亭脚的兵士开始拨动了木壳，抢上两步来问。

"呵！我是段司令特委的剡溪民团长张！"黄缎马褂很从容地回答着，接着一阵大笑。

"那么请见我们的司令去。"

"是，本当造访面谈种种，奈因家乡事务频繁，诸待整理，响应大军到来，还是请你多多拜上我们的司令，说张某某急于家归，无暇拜谒，罪该万死，惟危在旦夕，国家事大，聊足自赎耳。"

黄缎马褂说了，扬长而去，兵士吓得呆了，眼睁睁地望着他前去。

黄缎马褂到了船埠，一群少年正鹄立侍候，有与黄缎马褂认识的，便走上前去说：

"张先生，可让我们乘一乘便船吗？"

黄缎马褂把这一群少年上上下下地打量一下，哈哈的笑了。

"可以！可以！"黄绫马褂说："你们一总有几多个人？"

"十来个吧！"

"那更好。越多越好。不过现在的时候，不是随便的时候，你们要处处行得通，便得处处穿起军服来。我这里有二十套军服，你们穿了起来下船去吧。"

几个少年起初都面面相看，接着也就默认了。

航船开行的时候，正是夜霭朦胧。黄绫马褂在船的后艄插起二支大旗，中间是"剡溪民团张"五个字，飘飘扬扬，渐渐和恐怖的宁波远离了。

第二天早晨船进了三江口，那一批少年乘着的一只船里的老大，本是个年届古稀的老翁，此时业已精疲力竭再也不能鼓棹前进了，即便在江边泊停。

然而已是举火早餐的时候，黄绫马褂那船上的老大开始叫老翁划过去拿米。

"对不住，请你们划几棹下来送给我吧！"老翁呻吟地说："我是再也不能划了。"

黄绫马褂听了呵呵大笑，吩咐船夫如命地划了过去。

"来，把这个老家伙带过来。"两只船碰在一处了。黄缎马褂吆喝着说。接着两个卫兵从船舱中穿进把老翁带了过来。

"你这王八蛋，刚才怎么说？"黄缎马褂气呼呼地问。

"老爷，我我……只说摇乏了。不会摇……了！"

"放你娘的狗屁。"黄缎马褂挥起长袖向老翁一指点。"给我拖倒打十棍。"

两旁的卫兵开始从舱中抽出两根藤条，向老翁的背上急急巴巴地抽了十条。

"啊唷，老爷！……老爷……我再也不敢说摇乏了，我摇！我摇！……"老翁拼命地哭叫着。

"怕你也不敢再刁懒！哼，我张大人面前不是好惹的！"黄缎马褂觉得这一回实在是胜利了，费去四角钱新制的藤条总算也尝了一次新了。"好，现在你既然知道我张大人的手段了，再赏你两条回去。"

老翁一千万个的"是"，咬着牙齿忍受这最后的两条鞭子，窜还自己的船来；虽则两手把橹时，背上的筋肉牵动，疼痛得了不得，然而为想赎取这风烛的残命，也只好把苦痛赋予这欸乃的橹声，一声声代诉着了。

舱中的少年于是各自照见自己的运命，不敢有什么

违命的举动了。一待船到大埠头上了岸，他们还好好地
穿着军服在他的后头跟随着。

第一道口令便把村长叫过来。

"喂！你是村长？"黄缎马褂这时高坐在祠堂的大殿
上昂然地问。

"是。"村长秉直地答。

"那末，我问你，村长所守何事？"

"下则调理一村的争执事项，上则秉承命令办公，这
便是我村长的职守了。"

"是，好你一个口齿伶俐的村长。——今天大军过
境，许多兄弟鹄立许久，竟不见你来招待备饭，是何道
理？"黄缎马褂说后左顾右盼地看一看他左右站立着的
一群穿军服的小学教师。"你看，我们兄弟何等勇武，
保境卫民，责任何等重大，你竟这样小觑，真是岂有
此理。"

"是是，招待备饭自当尽礼，"村长从容地说，"不
过无论何种机关里的人物，驾临敝村的时候，总是及早
通知。——就是现在，你们临时到了，我们也未必拒绝
接应，你又何必这么大气凌人呢。"

"呸！放你娘的贼狗屁，混账王八蛋。"黄缎马褂立

时咆哮起来："你看我是何等样人。此次段司令特委我为剡溪游击队队长，来此内除土匪，外平党贼，你这个家伙一定与党贼互通声气，胆敢冒犯大使，左右，给我捆打四十！"

卫兵抢上二步将村长拉住，脱去了衣服。村长默默无言地在寒风中受了四十条鞭子。

"去，还给我赶快备办起来。"黄绦马褂接着又吩咐说，"你要知道我们是朝廷命官，段司令特派——昨晚到永丰亭的时候，段司令还派人邀我去部中会宴。我以时间匆促推却了的，怎么你们小民，倒不供应起来了。"

村长又是千万个的"是"，抱头鼠窜地去办理应供。

这时，黄绦马褂的同年赵仲之匆匆地跑了进来，说他在路上被官兵阻止，不得通过怎么办？

"那有什么，"黄绦马褂昂然地一笑，"你给我拿一张纸条来，让我盖了一个章，便得通过了。"

赵仲之眉开眼笑地接过来这加足的护照，便又匆匆地去了。——村中的人因之把两只眼都放在黄绦马褂的身上，"啊！这竟是这么样的一个阔人呀！"

已经是动身的时候了。六名轿夫也已雇好。在小学教员这一群里检出了能吹号的四名，当作号手，排列在轿前。二名卫兵，背着木壳的破壳，扳着轿杠；拉了四名小伙，背二面国旗二面红旗前前后后地导拥。那十来名假扮团丁的小学教员奉命在后面跟随着。

一村村都望风掩门了——这是怎么一回事！——黄缎马褂更觉得无限胜利了。

黄缎马褂到了自己的贵府，即便把这一批小学教员遣还。将村中的老小召集拢说要起大事了，你们都应来为国家出力。

黄缎马褂一则是剡界岭数一数二的读书人；二则又是呱呱叫的前清秀才。"他的话，大概是不错的，我们都应该为他效力。"听了他的话以后，谁都是这样地下了一个结论。

"而且，"黄缎马褂继续说下去，"现在我已奉段司令特委为奉化平靖王。前天在宁波时，他请我在鄞江春上吃大菜。他说：'老兄，奉化的事终拜托你了。'我说：'段老，放心，放心，兄弟此次回去，务必做到内除土匪，外平党贼八个大字。''哈哈哈！'段司令即便大笑，说我大有识见，将来在孙督办处竭力保举。并赐我木壳一柄，打王金鞭两条，可以任我先斩后奏。……"

黄缎马褂说到这里，村民的眼睛一圈圈放大了。

"后来我动身回来。"黄缎马褂又继续说下去："他又差人到永丰亭来请我回去，我因时间局促急急地回来了。今天到大埠头，我已打死了二个村民，因为他们眼睛不住地看着我，我办他们一个腹诽之罪，杀了。又赵仲之先生在路上被兵拦住，我一个片子去，便得通过了。……"

每一个村民都俯下头去了。他的御用团丁由二十增至五十。

于是他在家里立刻设立起一个白虎堂。两壁写上许多红纸对，中间摆了一张账桌。桌前围着一条红呢的桌衣，桌上左边放着戒尺、棋子，右边放着令箭、签筒，中间放着笔架。椅子上都端正地铺上了红呢的长条子。

黄缎马褂在中间正位上坐着把棋子一括，喊声左右，一枝令箭下，卫兵如飞似的跑出去了。

被绑而来的是上张张兴利。

"呔，你这个党贼，你的阿叔在广东做官，你的兄弟在匪党军中当兵，你不是党贼，还是什么？"黄缎马褂大声吆喝着。——在剡界岭的一村里，是分作上张下张两派，平日为想在封建势力中赚得领袖地位，总老是要不断地翻手劲，张兴利便是此中的一个。然而此时也只好沉默了。"本司令奉段司令命令，特来奉化清除党贼，你可认得不认得？左右，"黄缎马褂把右边的令箭拔了一根递与卫兵，"你给我把他打一百。"

藤条一条条抽下去，张兴利只得一声声叫着天。

"好，现在只要他自己承认是否党人？"

张兴利已经被打得昏天黑地，亲手写了"我是党人"四个大字，黄缎马褂便把他收作证据发下了第二道令箭，张兴利要被枪决了。

一个个的须白年老者都走了拢来叩首讨情求饶，总缓和不下黄缎马褂的决心。第三道令箭又下去催促了。

于是又走拢了一个个的老婆婆向黄缎马褂太太处跪拜哭泣哀求。……黄缎马褂太太一移金莲，于是黄缎马褂稍稍展一展怒颜，下一道命令，将张兴利收回了。

然而黄缎马褂还拍着棋子说："现在本司令因诸位父老的要求，饶你一条狗命。——但是，左右，你给我再打他一百棍，赶出白虎堂。在祠堂里监禁十年。……"

接着又绑来了何家村何利一名，因为他前次办民团既不肯输枪合作，又不肯输钱赞助，一封信去借款三百，竟也置之不理，实有干朝廷命官之尊严，着即捆打四十棍，具保释放！

一时连剁界岭的鸦雀都不敢作声了。

这一天，黄缎马褂从床上醒来，深深地感到自己队伍里的枪支太缺乏了，非设法向各处收缴些不可。

他知道六诏的民团里委实有几根好枪支，洋九响、大六、套筒快五、小十三。……这是多么好的枪支，应该去缴！应该去缴！

而况自己现在又是威名四扬，段司令是我要好朋友，还有哪个不知谁个不晓；不趁此人人慑服之时收缴枪支，还待何时。

他于是下令民团，整备出发了。

又是四个号手前导，接着便是四管旗子，黄缎马褂坐在一头高大的白马上，前前后后紧跟着四个挎着破木壳的卫队，一大群背着鸟枪的团丁在后面错错落落地拥护着。

出发了，黄缎马褂的儿子，先骑了一头驴子，从路上跑去，说是扫道。——听说这是阔人的行径，现在他也是个阔人了。

没有几多时，六诏居然也相距不远了。六诏村里的民团得知了这个消息，一个都逃到山林里去躲，如其黄缎马褂有怎么过于强迫的举动，他们也要拼个你死我活的。

号声叫得更紧了，更响了！——"嗒嗒嘀，嗒嗒嘀，嘀嗒嘀嗒嘀嗒嗒。"

小孩子都出来看了，妇人们都出来看了。扫道的把木壳壳一举，小孩们都逃回了，妇女们都逃回了！

黄缎马褂把行营设立在六诏家祠里，第一个出来接应的是他的义兄云飞。

"嗳，老兄，请到敝舍边去呀。"云飞含笑地迎上去说，黄缎马褂起初是不应，云飞这样的称呼，实在有犯黄缎马褂的威严。

"然而今天我是公干来的。"黄缎马褂昂然地说："段司令委我为游击司令，因缺少枪支，向段司令辞职，段司令说：'你不要这样畏怯，听说你贵村邻近有六诏村，民团枪支甚好，你可去缴他来。'今天本司令到此，就是奉令而来，请你们民团赶速将枪支集齐缴来，否则本司令一道公文上去，段司令会来要屠村的。……"

"不错不错。"云飞知道现在不如从前了。"不过民团里的事，我也没有能力支配，听说他们都负枪逃到山上去了。"

"这样的吗?"黄缎马褂投袂而起:"岂有此理,我定要把他们打死得一个不留。"

于是他命令团丁,向山上搜侦着去。他指挥着团丁向来路走去。

已经走到旷野上,前面两山锁住了口,长蛇似的大道没入在锁口里。突然间枪声应着号声起了。背着鸟枪的团丁都散伏在田沟里。黄缎马褂的白马跪倒在路上了。黄缎马褂拼命地鞭策着,白马终于不起来了。

黄缎马褂爬下马来看,白马的腿上,有赤红的血流着了。

"他妈的,白马竟也赤化了。"黄缎马褂正在这样呻吟间,一个子弹又戳穿了黄缎马褂的大袖子了。黄缎马褂此时才知道是怎么一回事,看看后面的卫兵又都无影无踪了,于是他奔返到云飞家来。

云飞因他是义兄,千方百计又把他放过,平安无事地到了家。

黄缎马褂仔细一想,这件事情,定是云飞这个变种捣的鬼,便匆匆地坐上白虎堂写了一封信,说:"云飞，请你留心，我必不肯饶休你。夫我乃朝廷命官，你竟以几个团丁，用埋伏之计困杀，伤我白马一头。你速来自首请罪，否则立予枪决不贷。"结末又说："限你三日内答复。"

信去了后，黄缎马褂整日徘徊于一室之中。时而低头浩叹，时而歌啸自若。好像不胜其今昔之感的。

"啊！啊！"黄缎马褂又击桌叹着："我张某自出师以来，所向无敌。今日复败于云飞小卒之手，非战之罪也！天也！夫复何言！……"

三天后，革命军又占领奉化了，六诏的民团也起来了，将黄缎马褂活擒了去，黄缎马褂口口声声地唱着：

"草将枯，二人孤，非左非右，百姓苦。"

"但是终久现在为什么又把他枪决了？"我经过好久沉默后问："以前多少民众要求县长把他枪决，县长终是不肯呢。"

"是的，"我的狒狒接着说，"但是现在听说某团长来过一次，县长也不得不服从了。"

"某团长与他有什么关系？"

殉

　　"大概是江西剧战的时候，某团长归家一次，他在彼时声言要捉他，现在是——"

　　狒狒不再说什么了。

一九二七年八月九日

（收入1986年9月文化艺术出版社的《龙厄》。）

卖稿之前

为了生活的关系，我又不得设法把我这些稿子卖去了！

回想过去，诚然觉得伤心，然而梦影已如飞一般地过去了，我复何必怅惘若失。

当某要人写信来叫我到那边去的时候，在我也只不过感到些淡淡的喜悦而已，然而家庭的希冀是如何殷切呵！谁知而今归来，不但于家庭的地位有所增高，友朋的希冀有所达到，反剩得一付眼泪，一腔叹息，过着无可奈何的天日！天呵！人之所难者原也只是一死呵！

为了不能死去，去做送死的工作，这就是人生的惟一意义了！

然而我呢，能冤死屈死而至于轰轰烈烈死，那也是可钦敬的了，不料一进"小世界"里，我竟至于怕死，我竟至于偷生——然而谁让你偷生下去，绞脑煎血，去做所谓人间不需要的东西，想在送死的工作中求苟延残喘的生活，自笑亦太懦怯了呵！

我是这样地想着：

一个小说家因了生活的关系，不得不加紧于他的工作，他现在写着一部长篇的小说，他为想求得读者欢迎与出版家的允准，不得不于革命之潮高涨时，做一篇革命的小说。虽则他于革命是没有何种经验的，他只能凭着自己一脑子的幻想，结构了一篇十分热烈的革命小说。然而当他完成的稿子未曾寄到出版家的地方，竟被邮局检查扣留了。一天，侦探队降临到他的住所时，他竟以"时髦罪"入狱了。……入狱了，终于又枪毙了！……

我赞颂他的这种的遭遇，倘然，不幸而把这种稿子寄到出版家地方，出版家允准了他，并且寄钱给他，他得了生活费以后，生的喜悦在他心中激发，他于是又不得不从事于送死的工作中求他苟延残喘地生活了！

我又是这样地想着：

我现在预备把这些稿子寄出了。忽然我竟至于病死——确然的，我是只求病死。枪毙杀头，我以前似乎也无所惧怕，然而现在为了母亲的缘故，这种不自然的怨死屈死再也不敢"尝试"了！母亲呵！想那一天我从"小世界"释放出来，不料你的脊骨却因痛哭而跌断了，我见到了你奄奄一息仰卧床上泪落如珠的情况，我对于人世再也不敢致其愤怒不平之情了！现在流落天涯……唉！我又何必说此呢！我只希望我能够病死——待我出枢临葬之日，我的稿费竟累累地寄到了！这不是一件可痛哭的事吗？

然而在这未死以前，我为想维持我的生活，我又不得不把这稿子寄出。虽则此后我能否病死还是一个问题。

自愧无文，岂敢别有希冀，这几篇东西，除《黄缎马褂》外，都是我旅粤时所作。在当时并不是感到生活困难才去写作，只因孤独寂寞，支配着全个灵魂。不得已聊作消遣计耳。所以想在这些东西里，寻找我主干的思想，直头是笑话了。多不过在这里稍稍摄印些乡村的封建势力的缩影与夫可笑的动作而已。

至于我的文章，自信亦是蹩脚。既不能为冲淡，又不能为富丽，更不能为"幽默"，世事多不过"如此，如此"。我也只好"这般，这般"。岂敢别有冀希！岂敢别有冀希！！

一九二七年九月十八日记于冷水桥

（1928 年8月上海泰东书局出版，署名王任叔。）